清凉山上

菩提洲 著

海南出版社
·海口·

文殊道场五台山是佛子们心中向往的地方，而在我心里，朝礼五台，还有更特殊的意义。

——希阿荣博堪布

跟随希阿荣博尊者朝礼五台山

序言 Preface

莲师在五台山

顶礼三世诸佛之总集莲花生大士！

一

猴年是最初在藏地树立佛教宝幢的莲花生大士诞生之年，对教下弟子而言有着特别的意义。

在藏历第十七胜生火猴年（2016）开始之际，我们发起莲师金刚七句百亿共修的倡议。一百亿遍《金刚七句祈祷文》，如此宏大的目标，是非常难实现的，然而短短3个月内，报名共修的数量却已经超过了80亿，现在看来，今年完成的数量将远远超过一百亿。我不知道这是怎样的一种缘起和示现，但其背后一定有莲师不可思议的威德力加持。

同样是今年，另一项艰巨的工作——五台山菩萨顶的佛像保护工程也圆满完成了。从2012年至今3年多的时间，困难重重，一再延沓，而因缘最终在信心、耐心和热情的坚持之下成熟。一切付出都是值得的。

这些佛像建成于1987年，由我的上师法王如意宝建造。那年，他老人家到五台山朝圣，一住数月，除传法、修法外，还率领僧众建造了几百尊佛像，其中供奉在菩萨顶祖师殿的莲师像，法王如意宝尤为重视，亲自督建、装藏、开光。

本来，每尊佛像都是殊胜的皈依处，都具有不可思议的加持，但由于缘起不同，有一些佛像对众生便有着特别的意义和加持。比如，全世界最著名的佛像之一——供奉在西藏大昭寺的释迦牟尼佛十二岁等身像，世尊当年亲自开光加持，并说此像“如我一般”，故藏族人称之为“觉沃仁波切”，视他与世尊无二无别。在觉沃佛前礼拜供养，与2500年前在世尊面前礼拜供养是一模一样的。

供奉在菩萨顶的这尊莲花生大士像，也是这样，具有真正的见解脱的加持力。莲师心间装藏着一尊法王如意宝的前世伏藏大师列绕朗巴取出的伏藏——“如我一般”大乐莲师像。列绕朗巴大师取出这尊莲师像时，佛像开口说道：“我与莲师无二无别。”像在之处即莲师所在之处。

供奉于菩萨顶祖师殿的莲师像，法王如意宝1987年朝礼五台山时亲自督建、装藏、开光

二

1987年的五台山远不像现在这样人来人往、香火鼎盛，那时整座山上很少见到常住的出家人，很多寺庙都是空的。以至于现在的人都难以置信。

同样令人难以置信的是那年从藏区各地闻讯而来追随法王如意宝朝圣的四众弟子有一万多人。一万多藏族人，跋山涉水，自发地聚集到五台山，围绕在上师身边，一百多个日夜，欢喜而精进地闻思修行。那是何等罕见的盛况！现在很多人听了竟然不相信，怀疑我把数字弄错了。

其实，以法王如意宝的感召力，他到文殊净土朝圣，有这么多人随行是很正常的。他老人家在藏地开法会，经常是十几万、几十万人参加。若不是语言隔阂、环境迥异、旅费和生活费不足等问题的困扰，当年跟随法王如意宝朝礼五台山的人会更多。

像我和我的很多师兄弟，就是在几个月前听说法王如意宝计划前往五台山朝圣的消息后，开始为将要到来的长途旅行做准备。我们跟随法王到藏区各地弘法时，会得到信众的一些供养。因为五台之行的缘故，大家都很小心地开始攒钱，省吃俭用。我还记得我们把几毛几块的钱分门别类，一张张仔细捋平，同方向摞好，计算清楚，因为这些钱将支撑我们的长途旅行和在五台山的生活，更重要的，还要利用在圣地的机会多多上供下施。虽然买最便宜的车票，住最便宜的旅店，吃最便宜的饭，但仍然需要很小心，需要学会精打细算。

说那时的五台是“红色的海洋”不夸张，我们这么多人，身上的僧衣把整个五台山染红了。而且，那不是普通的一万多人。在那一万多人当中，有许多是藏地非常有影响力的高僧大德、寺庙住持，他们中的任何一位，都是一方民众皈依拥戴的对境。那一年在五台山，他们的齐齐到场给所有人以巨大信心和加持。

法王如意宝到达五台山后，住在菩萨顶。弟子们分散在五台山各处，每天聚到菩萨顶听法。这次五台之行是法王如意宝弘法利生事业不断广大的一个重要缘起。如果我有足够的智慧，我会看到它对于佛法在汉地的中兴、在藏地的再弘以及密法尤其是大圆满法在全世界的弘扬，都有着不可估量的意义。

很显然，法王如意宝对此是深有了解的。动身去五台山朝圣前很长一段时间，他一直在观察和努力地积聚着缘起。

1986 年在喇荣五明佛学院举行《文殊幻化网》灌顶时，法王如意宝在定境中见到文殊菩萨和布玛莫扎尊者前来迎请他莅临五台山。法王如意宝对座下接受灌顶的弟子们说："我从现在开始与汉地众生结缘以度化他们。以后我们学院可能会有许许多多的汉族弟子前来求法、修行，并将显密佛法弘扬到世界各地。"

法王的授记如今已成为现实，而这一切都始于当年的五台之行。法王如意宝朝圣结束从五台山返回喇荣时，他的身边多了一支由汉族出家众组成的僧团，喇荣五明佛学院从此有了常住汉僧。这是法王正式摄受汉族弟子的开始。

那一次《文殊幻化网》灌顶法会后，法王如意宝又在许多场合发起念诵文殊心咒共修，很多人发愿念一亿遍，弟子们都尽己所能地劝导自己周围的人参加共修。

在那个通讯不发达的年代，不要说网络、广播电台等传媒手段，连电灯都是好多年以后的事，消息的散播主要靠口耳相传。法王如意宝的一些重要倡议都是在大众参加的法会上发布的。参加法会的不仅有喇荣的常住弟子，有从各地寺庙专程赶来的僧团，也有闻讯而来的在家众。有的人从偏远的山村骑马几天几夜而来，也有全家出动扶老携幼徒步几十、几百千米来参加法会的。现场听到开示的人返回家乡，总会受到最热烈的欢迎，有些人甚至是代表全村人来参加法会，使命尤为艰巨，他们不仅要自己认真听法，回去还要充当法会的报告人。各寺庙的出家众在传达开示方面，更是起到关键的作用。他们像是上师的小喇叭，快速而准确地向地区内的信众转达上师的法语。

法王如意宝发起的文殊心咒共修的倡议，便是通过这种古老而有效的方式迅速传遍各地，共修的总数达到万亿之多。记得当时我也回到家乡德格玉隆阔，挨家挨户劝请大家念诵文殊心咒，总数有两百多亿。

1986 年底，法王如意宝应邀前往多康地区弘法，在众多寺庙举行法会，并朝拜了代表莲师身、语、意、功德、事业的五大神山。所到之处，无不受到隆重接待和热烈拥护。这次出行，进一步奠定了法王如意宝佛行事业在藏地如日中天之势。

此前六年，也就是 1980 年，法王如意宝在色达喇荣山谷创建起后来成为世界最大的佛教高等学府的喇荣五明佛学院。宁玛巴著名的一世顿珠法王曾在喇荣建立密宗道场，有一百多座修行茅棚，十三位弟子最终在此获得虹身成就。后来那里逐渐成为人迹罕至的荒谷，直到法王如意宝到来，再次树起佛法广弘的宝幢。那年他 48 岁，正当壮年。

当时的藏地，老一辈佛教学者、修行者已纷纷离去，传统的闻思修体系中断，僧才凋敝，佛法几近湮没而人们心中对佛法的思念却与日俱增。人们需要佛法来抚平内心的痛苦，需要像祖祖辈辈一样，在佛法中去寻找和体认生命的安乐与真相。更有无数珍贵的佛法传承需要有年轻一代的修行者、讲法者将之接续、弘扬下去。在这种背景之下，喇荣五明佛学院的建立，像一道曙光，让人们看到了未来的希望。藏区各地学子如百川归海般汇聚到喇荣，依止法王如意宝广泛闻思修持显密佛法。学院的迅速发展，是法王如意宝功德力的感召，也是顺应时代趋势之必然。

天时、地利、人和，所有因缘的聚合，总算还不是太晚，上师正当盛年，传承法教、饶益众生的宏大事业蓝图在他的面前徐徐展开了。

那时，他还是“色达堪布”，然而藏地公认的高僧大德和第十世班禅大师在写给他的信中，都敬称他为“圣者法王”“法王如意宝”。上师从来无意争当“法王”，但持教大德们如此称呼他可能有着甚深的密意，于法教兴盛有特殊的意义，于是他接受了这样的称号，希望以此能成为佛法再弘、众生安乐的缘起。大概是在1986年前后，“法王如意宝”这一称号广泛流传开了。

本师释迦牟尼佛、邬金第二佛莲花生大士都曾对法王如意宝有明确授记。前辈祖师大德们也早预言过：他将成就“顶天立地”的弘法利生之事业。难行能行，开创局面，法王如意宝的确有这种力量。

随着佛法再弘的新篇章在藏地悄然翻开，声威日隆的法王如意宝也在积极为佛法尤其是无上密法在更广范围内的弘扬创造缘起。他在多康弘法期间朝拜莲师五大神山，开取众多伏藏，有着深远的密意。

记得法王如意宝当时在寺庙供养的众多物品中挑出两件，一个坐垫，一个犏头，对大家说：“我们在佛像及三宝所依前念诵缘起咒，看哪一个被选中。坐垫表示我将安住一处弘法利生，犏头表示我将游历四方广利有情。”结果签落在犏头上。法王如意宝见状笑道：“既然如此，明年开春我将朝礼五台山，以后依次到各地去弘扬佛法度化众生。”他老人家的自信、乐观感染了在场的每一个人。

那是我记忆中的黄金年代。当时不觉得，如今我自己也到了上师当年的年纪，才明白那样的意气风发、自信乐观，需要多少善缘、多少福德、多大的心力，更加需要对众生怀着多深切的悲心。

来年开春，五台山果然迎来了圣者法王。他在这里所做的很多事都是开创性的。100多天的时间里，法王如意宝在较大范围内连续传讲了宁玛派甚深法要和窍诀，在定境中亲见文殊菩萨，于光明境界中自然流露出集大圆满窍诀于一身的无上法宝《文殊静修大圆满——手中赐佛》，并撰写了《忠言心之明点》《生生世世摄受愿文》《亲见文殊菩萨发愿之金刚道歌》等众多发愿文、道歌，大部分如今成为佛弟子每天念诵的功课和修行要诀。为了利益未来的众生，他还将许多伏藏品交付与护法神，或者以种种方式隐藏于五台山，留待未来的有缘者开取。他还带领弟子们共同念诵了近200遍《普贤行愿品》，并发下誓愿："凡是与我结缘的众生都往生极乐世界。"

1987年法王如意宝带领四众弟子朝礼五台山，成为其弘法利生事业不断广大的重要缘起

我常常想，且不说法王如意宝的断证功德、他对佛教的贡献，单是他做人这样敞亮有魄力，就让人敬服。发誓愿亦是如金石般掷地有声。

三

众所周知，五台山是文殊菩萨弘法利生的殊胜道场，却很少人知道五台山还与密宗大圆满法脉有着甚深的渊源。

五台山的那罗延窟是文殊菩萨与金刚手菩萨等一万菩萨转法轮的地方。这位金刚手菩萨在密宗里被称为密主金刚手，是大圆满传承祖师金刚萨埵佛尊的菩萨相示现。大圆满法脉中有多位祖师被公认为文殊菩萨的化身，也有多位传承祖师在五台山修行过。

《普贤上师言教》里讲到大圆满阿底约嘎在人间的起源和传承，由密主金刚手尊者传与嘎绕多吉，嘎绕多吉传与蒋华西宁，蒋华西宁传与西日桑哈，而西日桑哈尊者有智者嘉纳思扎、大班智达布玛莫扎、邬金莲师、大译师贝诺扎纳等四位弟子承继其法脉。

由于西日桑哈尊者成道后长期在五台山安住直至示寂，他的法子们求法、修道、依止上师的很多事迹，便都发生在五台山。

因为这一段过往，五台山与大圆满法的延续、发扬有了千丝万缕的联系。

末法年代，众生业力所感，烦恼炽盛，刚强难化，也正是这样的时刻，大圆满法才愈发显示出威力。莫说得到大圆满的灌顶和引导，或者听闻大圆满法，哪怕仅仅听到大圆满的名号，此人也必将于人寿 10 岁时得到吉祥智慧空行母的度化，在生、死及中阴三时段中的任何时段获得解脱。这在《阿底大庄严续》中有明确的开示。

麦彭仁波切在《文殊大圆满基道果无别发愿文》的末尾也写道：

“大圆满法仅仅听闻也必定能解脱。续部有云：在有勤因乘难以调伏众生的时期，大圆满法将广弘于世，普度有缘众生。”众生的烦恼业力不可思议，大圆满法的加持力同样不可思议！

法王如意宝朝拜五台山，与大圆满法日后的广弘密切相关。他老人家之前在定境中见到文殊菩萨和布玛莫扎尊者共同来迎请，这其中亦自有深意。布玛莫扎尊者当年在西藏弘法十三年后，来到五台山，于贤劫千佛的教法隐没之前，他将一直以虹光身住在五台山，每隔一百年化身去西藏一次，在佛法衰微之际维系和弘扬大圆满法门。

法王如意宝到达五台山后对弟子们说：“如果我们能在菩萨顶塑一尊庄严的莲师像，同时在其他寺院也塑许多莲师像，以后无上密法就会在汉地广弘，并进而在全世界广弘，无量众生将得到解脱。”

莲师是藏传佛教的根源。他在藏地树立起佛教的宝幢，并护持佛法在这片土地上代代相传。他大兴密法，向诸多弟子传授密续教法、窍诀，又通过伏藏的方式，使得密法在漫长的历史中不为破誓言者染污而保持近传的独特加持，也不会因时间的流逝而逐渐中断传承。

佛法的住世可分为果期、修期、教期、形象期四个时期。果期，即是近传加持力最大的时期，学法者就能迅速证果。比如，释迦牟尼佛住世时，座下弟子亲闻佛陀教言，直接从佛陀处获得传承，是为近传，加持力巨大，所以很多人速疾证得果位；到了修期，更多的学法者是处于证果前的修法的阶段；而教期，学法者中大多数着重于闻思，而对言词、理论的研究，修的人相对较少，证果的更少；到形象期，就只剩下外在形象上的修行了。

莲师的伏藏法，是把莲师言教藏于山川、湖泊、虚空及意识中，待未来时机成熟的时候，由莲师化身的伏藏大师取出。因而无论时空怎样相隔，那个时代相应的有缘众生都能得到莲师的近传。一个伏藏法取出，传承数代后，或许因为破誓言或其他因素的染污、干扰，加持力逐渐减弱。而新的伏藏法又会被发掘出来，又是未经染污、破坏的近传。由于莲师伏藏法的善巧方便，从某种角度说，佛法的果期便无限延长了，修行者总是能够依靠近传的加持力，迅速获得成就。

此外，很多法教尤其是无上密法，在其他地区已经失传，而在藏地却保存下来，如完整的仪轨、传承、灌顶、修法、窍诀等。这都依赖于莲师的大威德护持。

如预言中所说，在我们这个时代，当这些珍贵的法教逐渐在全世界流传的时候，依然离不开莲师的护持。

法王如意宝一声令下，所有在五台山的弟子都行动起来，每天除正常的闻思修外，一项重要任务就是塑造佛像。我也参与了菩萨顶佛像的塑造，我虽然没有什么技艺，但有力气，所以我就负责担水、和泥。我们的僧团里真是藏龙卧虎，平时看不出来，一到有事的时候，能工巧匠们就出来显身手了。3 个月时间里，大家在包括菩萨顶在内的五十多所寺庙中，塑建了邬金第二佛莲花生大士像及其他很多佛像，总数有几百尊。这些泥塑彩绘佛像大小不一，而每一尊都面容庄严，姿态优美，色泽雅致。难以想象当年僧众有如此高的佛教造像艺术的修养。此外还修建了文殊宝殿、宗喀巴大师殿等佛堂。

那么短的时间里塑造那么多精美的佛像和修建佛堂，这在历史上都是少有的。其背后除了僧众清净无染、慈悲利他的心，还有法王如意宝不可思议的加持力和他老人家的大悲愿力与神通力。

劫成劫毁，百千万亿劫里，金刚乘的佛法，只是偶尔出兴于世。莲师曾说："往昔初劫普严劫时，先生王佛的圣教中广泛宣扬过密法，现今释迦牟尼佛的圣教中密法广弘，将来千万劫过后的华严劫时，与现在的我相同的文殊师利佛出世，将广泛弘扬密法。因为这三劫的众生堪为密法法器。”

在无涯的时光中，我们有幸生在佛出于世的光明劫，更有密法出现，但若不是祖师大德心心相印、代代相传的保护延续，以及在末法年代排除万难的悲心摄受，我们当中太多人恐怕没有缘分接触到密法。现在回望，法王如意宝当年做的很多事都是在为我们创造这个因缘。

1987 年之后，法王如意宝弘法利生的脚步遍及海内外，使无数有缘者得享佛法的甘露。他所开创的局面，如果能客观公正地看待，就应该承认，在宁玛巴的历史上，法教如此广弘，教下弟子如此众多，是佛教历史上为数不多的兴盛时期之一。

宁玛巴的无上大圆满法，九乘佛法之巅，到如今依然是密中之密，正行不轻易外传。然而大圆满是仅闻其名亦得解脱，说容易也如此容易；千百年来闻其名者却寥寥无几，说难也如此难；就是这样超胜稀有的大圆满法，其声名从未像现在这样远播过。

大圆满法的广弘，是时代机缘成熟，也是诸多持教大德为传承法脉不懈努力的结果。这其中，法王如意宝做出了不可估量的贡献。

大圆满的历史上，修行者显现外内密的验相、成就虹身的很多，但是大圆满法历来以极其保密的方式在师徒间传授，得到法要者秘密修持，可能终生不为人知。有的成就者不摄受任何弟子，有的只摄受少数几位有缘弟子。

而我们所处的时代，到了莲师授记他的法教广弘的时期。《声应成根本续》里也说现在这个时代恰好就是大圆满兴盛的时代。法王如意宝在较大范围内传讲大圆满法，一是契合了祖师及续部的授记。二是他老人家以前常跟我们这些弟子说：末法时期，有些人会讲法，自己却没有多少修证；有修证的又往往不能按照见、修、行、果的次第为弟子完整传讲大圆满法；有的人既没有证悟境界，也没有能力传讲续部教言，却喜欢信口开河，四处传法；真正有修证、能讲大圆满密续又能讲窍诀的上师，就像早晨的星星一样稀少。所以法王如意宝尽可能多为弟子传讲大圆满法，并让大家踏踏实实修学，为了日后能有更多人在愈加浊乱的世间传扬如暗夜之明月的大圆满法，指引世人的安乐解脱之路。

摄受弟子越多的上师，承受的障难也就越大，尤其传授无上大圆满这样的法门。法王如意宝不会不知道这一点，实际上他自己也说到过这个问题，他说因为他摄受了为数较多的弟子进入大圆满坛城，有一些人后来破了密乘戒，对他的弘法利生事业造成了极大障碍，并且也可能影响到他的寿命和虹化的示现，但即使这样，他也仍然会广弘大圆满法。

他跟弟子们说："我们辗转轮回，吃过无数苦头，受过无数磨难，无数次失去生命，然而没有一次是为了佛法；现在我所承受的，却是为了佛法和众生，所以我不会犹豫也不会后悔。"

传承上师的这种承当和牺牲，让更多后来的众生有了接触大圆满法的机会。

法王如意宝在《胜利道歌·天鼓妙音》中写道：

甚深光明大圆满，仅闻词句断有根，
六月修要得解脱，唯此铭刻于心中。
遇此胜法善缘众，前世累劫积资果，
与普贤王同缘分，诸道友当生欢喜。

仰仗法王如意宝的悲愿与福德，我们得以在今生值遇大圆满法。这个机会，分量何其重，又何其宝贵。

四

五台山因为与大圆满法有深厚的联系，在宁玛巴的弟子心中成为特别的圣地，不断有人前往朝拜，并驻留于此修行。大白塔前常年有藏族佛教徒在磕大头，树荫下摆放着一张张磕头用的木板，有些人在这里已经磕了十几年。那情景令人恍惚来到印度金刚座的大菩提树下。

1987 年后我自己也多次到五台山朝圣，追随法王如意宝当年的脚步，在他停留过的地方，再三礼拜、供养、发愿。我们相信，在祖师闭关修行、传授法要、彻证无上大圆满以及示现圆寂的圣地，在祖师以大迁转虹身住锡的圣地，发下的愿一定会成熟。

2012 年夏，我再次朝拜五台山时注意到，法王如意宝当年塑造的那些佛像因年久失修，都有不同程度的损坏，便开始想办法，看

2012 年，希阿荣博堪布追随法王如意宝当年的脚步再次朝礼五台山，在菩萨顶向莲师像供养哈达

是否可以把佛像保护起来。这些佛像，尤其是菩萨顶的那尊莲师像，是佛法兴盛的殊胜缘起。

自那时起到现在，前后三年多，佛像保护的工作一直在进行中。技术上要解决的最大难题是：如何在确保不对佛像造成丝毫损坏、改动的前提下，对佛像进行完善的保护。

我们花了半年时间多方寻访文物、佛像保护方面的专家，对不同保护方案的可行性进行研究。在初步确定采用结合数字技术和传统铜像塑造技术的佛像包铜保护方案后，又长时间反复细化、修改和论证，因为这是一种难度很高的全新工艺，即使富有造像和保护经验的专业人士，对它最后呈现的效果也没有充分把握。

具体的技术、工艺流程我并不懂，但为了消除大家的顾虑，确保

2016 年，历时三年多的佛像保护工程圆满，对包括莲师像在内的菩萨顶祖师殿的 19 尊佛像进行了包铜保护

这样的保护措施不会对原有佛像造成丝毫破坏和改变，我请教了项目专家，他为我这个外行人作了如下解释：

“首先用全数字信息技术对佛像进行三维扫描。把数据收集储存，进行数据分析，对破损位置进行数据修复。然后运用三维雕刻和三维打印制作佛像等比例模型。再用 2 毫米厚铜板在模型上锻造 1：1 的铜材质佛像。然后把 2 毫米的铜制佛像拆解分块紧密包裹在原有的泥塑佛像外侧。再在铜衣上贴金、彩绘。最后在不破坏原有泥塑佛像的基础上包裹一层铜，使其更加牢固并能长久保存。”

这种保护是应用高科技在原有佛像外面包一层铜，丝毫不改变佛像本身，也无须搬动固定在佛台上的佛像，更不会影响原有佛像的装藏。

为保险起见，我们还先以莲师像为标准做了三维扫描、佛像复制、包铜保护和彩绘试验，结果非常成功。这尊与菩萨顶莲师像一模一样的佛像如今供奉在扎西持林的祖师殿里。

参与这次佛像保护项目的居士和相关专业人员，三年间无数次上下五台山解决技术、施工等方面的问题，最终圆满完成了包括莲师像在内的菩萨顶祖师殿 19 尊佛像的包铜保护。

一些高僧大德也持续关心着这项工程的进展，为我们念经作加持。感恩他们的护佑。

在末法年代，一件事对佛法和众生意义越大，去完成它遇到的违缘就会越大。

其实不仅是末法年代，回顾过去，早在莲师入藏时期，他的弘法利生事业就伴随着障难违缘，以及他的无畏降伏。他和静命论师、布玛莫扎尊者、贝诺扎纳译师一起，在万难中共同开创了藏传佛教前译期的兴盛局面，使佛法在藏地生根发芽，尤其是无上密法，从此有了一片开枝散叶的沃土。今天的人读到这段历史，往往认为很多事是理所当然，不会想到祖师们当年的艰难和遇到的危险。

莲师的法脉仿佛也传承着他的无畏与坚韧，很多上师都是在重重困境中突围，顽强地把法教延传下来。我们熟悉的大圆满祖师无垢光尊者、麦彭仁波切，他们被同时代的一些人视为异类、敌人，频频加以伤害、攻击。无垢光尊者是在宁玛巴三大护法的帮助下撰写完成了《七宝藏》《四心滴》，他曾被四处驱赶，无容身之所，很少有人理解他、帮助他，但就算是这样，他还是为后人留下了无上密法最璀璨夺目的论著、后世大圆满修行者奉为圭臬的法要宝藏。麦彭仁波切是莲师授记的“弘扬大圆满的太阳”，他住世时，人不识其境界，尽皆起谤，但他在险恶困顿中完成的千余种殊胜法宝著述，却延续了共同的佛法与不共的旧译密法之慧命，对后学者有无尽的法恩。尤其他归纳《七宝藏》《四心滴》的精华而撰写的诸多大圆满修行窍诀，更是令修行者受益无穷的佛法如意宝。

法王如意宝的一生也是这样，在磨难中护持佛法，不惜性命延续法教，不使断绝；当他终于有机会弘法利生的时候，诽谤、攻击、损害，种种违缘也随之而来。四面八方的阻力，简直让人寸步难行，但法王如意宝身上也承继了自莲师而来的勇敢、坚韧和大力，他在困难的境地中无所畏惧地向前。从某种角度说，法王如意宝弘法利生的事业有多大，他所承受的阻力障难就有多大。然而，他的事业一直在壮大。即使在他示寂之后，他的法脉依然在发展并且更加兴盛广大。正是这种愈压愈强、不可阻绝的旺盛生命力，使宁玛传承穿越悠长的历史时光，到如今仍然以鲜活有力的法教引导帮助着当代的众生。

能够成为宁玛传承的弟子，我感到很幸运。能够为法王如意宝佛行事业的延续发展提供顺缘，无论是多么微小的帮助，我也会竭尽全力去做。在我的生命中没有什么比这个更有意义。

2016 年佛像保护工程圆满，希阿荣博上师在菩萨顶祖师殿前

莲师像的妥善保护，使得这尊缘起殊胜的佛像能够继续供奉在五台山。他老人家当年说：“以后无上密法就会在汉地广弘，进而在全世界广弘，无量众生将得到解脱。”

圣者的话是谛实语。大圆满法的广弘，时候到了。

三世佛陀究竟之意趣，深寂离戏光明无为法，

觉空不坏金刚之宗派，祈愿莲生大师教法兴。

旧译宁玛巴教下弟子 希阿荣博

完成于藏历火猴年三月初十莲师加持日

《月灯经》说，哪怕只是朝着五台山的方向走七步，
也有很大的功德。

目录 Contents

第五天

旅游小贴士

第六天

前言 Foreword

朝圣更重要的是内在的旅程

文殊道场五台山是佛子们心中向往的地方，而在我心里，朝礼五台，还有着更特殊的意义。

1987年，我的上师法王如意宝偕同弟子、信众到五台山朝拜，在此停留数月，讲经说法，撰写论著法要，塑造塔像庙堂。

他老人家从小就对文殊菩萨怀有极大的信心，对文殊道场五台山充满向往。

那一年的五台山之行是法王如意宝在汉地弘法利生事业的开始。

我很荣幸能跟随上师朝圣，在文殊道场聆听上师开示，与上师一起发愿，在上师引导下修法，跟师兄弟们一起遵师教言塑建佛像……那是多么快乐的一段时光。

那是我第一次离开藏区，来到一个陌生的环境，然而心里却觉得熟悉。五台山很多地方都像藏区，高原草甸空旷辽阔，蓝天白云下有经幡飘展。

我的熟悉感也许不仅来自于外在的景观，更有内在的心灵传承。大圆满教法的祖师西日桑哈、嘉纳思扎、布玛莫扎、莲花生大士都曾长期在五台山闭关修行，在这里接续传承大圆满法脉。

后来我自己又几次朝拜五台山，循着当年法王如意宝的足迹，重访一处处圣地。

大白塔下的藏经阁前，上师曾在此带领大家念诵《普贤行愿品》，并发愿，所有与他结缘的众生都往生极乐世界。

在善财洞，上师闭关21天，现量见到文殊菩萨，并写下《忠言心之明点》。

那罗延窟，上师闭关14天，写下《文殊静修大圆满》。

菩萨顶，上师传授、撰写了诸多显密法要。

善财洞清凉尸林，嘉纳思扎、布玛莫扎曾在此长期依止西日桑哈。

金刚窟，释迦牟尼佛的法教湮灭之前，布玛莫扎以虹光身长住于此，护持佛法。

……

故地重游，使我有机会不断地忆念上师和他的教言、他的发愿，以及历代祖师的证悟和行持，我的心因而能够时常处在正念当中。

正念的修持，在我看来，是朝圣的重要内容。正念是指心住正法，一心专注于对正法的忆念、定解、觉受或证悟。与日常生活的种种情境相比，朝圣过程中的所见所闻更能够唤起我们对三宝的忆念和对法的领悟。

朝圣有助于更快地积累福慧资粮、清净业障。积资净障的众多修法可总摄为七支供：礼敬诸佛、广修供养、忏悔业障、随喜功德、请转法轮、请佛住世、普皆回向。整个朝圣的过程也可以理解为不断修持七支供的过程。

我们在圣地会做很多礼拜，这无疑是礼敬诸佛的一种方式。此外，我们还以诵经、持咒、持佛号等形式，传颂、赞叹诸佛菩萨的功德。这也是一种礼敬，叫语顶礼。

内心对文殊菩萨有坚定的信心，对文殊道场五台山有强烈的欢喜和向往，这叫意顶礼。意顶礼还有更深层的含义，就是深信诸佛无所不在，遍满虚空，一颗微尘中也有无数清净刹土，一一刹土皆有佛住持，菩萨眷属围绕。有这样的信解，是意顶礼。认为一切都是佛的清净刹土，这是非常殊胜深刻的见解。初学者虽然不能亲见，但只要有这样的念头，愿意相信，就是在礼敬诸佛，就能积累巨大的福慧资粮。

文殊菩萨曾说他会亲自迎接每一个到五台山来的人。我们都会在五台山见到文殊菩萨，只不过由于自身的障碍垢染，认不出来。因为在五台山遇见的每一个人都可能是文殊菩萨的化现，所以我们会努力克制自己的嗔心和急于判断的倾向，不随便认为某个人卑劣、可恶，而是尽量对所有人保持平等恭敬的态度。当我们这样做的时候，就是在向清净观迈进。文殊菩萨以非常善巧的方式帮我们扭转着习气。

在圣地，我们随时以香、花、灯烛、美好的景色以及内心的快乐、信念、领悟供养诸佛，反省自己的所作所为，真正生起忏悔之心，并真诚随喜他人的功德。在大家日常的工作和生活里，由于长期浸淫在鼓励自我和争斗的氛围中，惯性的思维模式和言行方式使你很难自然而然就去反省和随喜，你需要付出很大的努力去提醒自己不随惯性移动。然而，在圣地不一样，你所处的环境，你身边的人，都让忏悔和随喜变得更加容易、自然。

我们还会很自然地常常忆念文殊菩萨，忆念上师，重温他们的教言，请别人为自己讲解佛法和诸佛菩萨的功德，因而心里也就总是放着对佛法的思考和领悟。

在五台山朝圣时，我们每到一处都要念诵《普贤行愿品》，跟随普贤菩萨发大愿、做回向。对初学者来说，正确的发愿和回向非常重要，能迅速积累起巨大的福慧资粮。

我们相信朝圣是积资净障的一个好办法，然而，如果你只是以观光的心态去圣地一游，恐怕也很难达到积资净障的效果，因为你的心还是老样子，还在原地。所以，朝圣更重要的是内在的旅程。

希阿荣博　于藏历木羊年二月初五

五台山中台台顶的文殊菩萨金身塑像

导语 Introduction

感悟生命的清凉

东北方有处，名清凉山。从昔已来，诸菩萨众于中止住。现有菩萨，名文殊师利。与其眷属诸菩萨众一万人，俱常在其中，而演说法。

——《大方广佛华严经·诸菩萨住处品》

根据《首楞严三昧经·卷下》的记载："过去久远劫有龙种上如来，于南方平等世界成无上正等觉，寿四百四十万岁而入涅槃，彼佛即今之文殊师利法王子。"文殊师利菩萨乃是古佛再来，为了利益众生而示现为佛陀弟子。

同样根据许多佛典经论记载，南瞻部洲有五大圣地，即中土的金刚座，东方的五台山，南方的普陀山，西方的邬金刹土，北方的香巴拉国。五台山是印汉藏一致公认的清凉圣地，文殊道场，千百年来为僧俗所尊崇。根据《大方广佛华严经·诸菩萨处品》等经文，文殊师利菩萨和他的一万眷属于此居住，并于此演说无上甚深微妙的佛法。

五台山"左邻恒岳，秀出千峰；右瞰滹沱，长流一带；北陵紫塞，遏万里之烟尘；南拥中原，为大国之屏蔽"（明镇澄《清凉山志》）。其五座主峰巍然矗立，傲视苍穹。北台叶斗峰是华北地区最高山峰，被称为"华北屋脊"。

文殊菩萨的刹土，用世间任何语言都很难描述。比如在极乐国度，花香宝树，珍池德水，殿宇楼台，都是阿弥陀佛法身妙智所现，具足恒沙功德。五台清凉圣境亦然，其功德远非凡智所能度量。

凡夫妄识很难窥见净土的景致，更不用说以浅薄文思详尽描述了。而五台山，即便在凡夫俗子的眼帘中也呈现出了超脱凡俗的浩然景象。明朝僧人镇澄应塔院寺主持圆广之请，撰修了五台山第一部比较完整翔实的志书——《清凉山志》。其中这样描述："萦纡盘踞，无非梵行之栖；隐显环匝，尽有真人之宅。虽寒风劲冽，瑞草争芳；积雪夏飞，名花竞发。白云凝布，夺万里之澄江；杲日东升，见一陂之大海。此其常境也。"眺望五台穹顶，千峰相连，绵延无际。在群山巍峨环抱、云岚幽然缭绕之中，清泉细流湍出，嘉木瑞草装点，寺宇楼阁散布其间，佛塔殿堂绽放清奇异彩，尽汉唐遗风、宋元古韵、明清情致，一派佛国气象，圆融无碍。

与极乐净土相若，五台具足了七宝莲池和八功德水，滹沱河与清水河发源于此。此地山山有灵泉，如清凉泉、甘露泉、卓锡泉、龙泉、玉泉、般若泉等；涧涧有溪流飞瀑，汇聚而成池，如黑龙池、太华池等。五个台顶都有天池，池水似明镜般澄澈碧透。

五台的山体地质古老。地质学研究表明，北台顶地质构造的绝对年龄在25亿年以上。流转的时空中，五台岿然不动，似乎从未改变，在这灵山净土，永恒仿佛刹那。

五台万壑竞秀，崇山峻岭之间形成众多的峡谷，皆收摄瑞气，吞吐祥云，清幽莫测，如紫霞谷、华严谷、凤林谷等。此外，五台的石窟岩洞可谓穷微极妙，难以测度，如那罗延窟、金刚窟、佛母洞和观音洞等。

于斯地，一切皆是文殊菩萨法身妙智所现，所以随众生心，应所知量，有无边的妙用。见闻接触，无不清净业障，增益道心。于斯地，无须高深的修证就可以对禅门偈语有所领悟："郁郁黄花无非般若，青青翠竹尽是法身。"

在五台，教内各流派和谐发展，源远流长，可谓汉藏交融，显密并存。其间高僧代出，这里不再赘述。然而不能不提的是法王如意宝晋美彭措（以下简称法王）。

法王是过去佛之化身、未来佛之源泉、现在佛之补处，十方三世诸佛智悲的本体、三宝总集、五浊黑暗中一切众生的怙主、一切成就者之王。他与文殊菩萨，与五台山有着极其殊胜的因缘。

1987 年，春暖花开的时节，有一万名弟子追随法王的脚步，一同来到了五台山。布谷鸟儿于秀丽枝头唱歌的时候，法王在这里为弟子们广传妙法。随后在善财洞闭关时，法王现量见到了文殊菩萨。其后在那罗延窟，法王昼夜置身光明境界中，他的智慧心里自然流露出《文殊静修大圆满——手中赐佛》等法要，如甘洌清泉润泽众生。亦是在这里，法王如意宝撰写了很多发愿文与道歌，其中的大部分如今已经成为佛弟子们每天念诵的功课。时至萧瑟秋风起、枯黄落叶飘的季节，布谷鸟飞走了，法王如意宝也返回了雪域高原。他自在平缓的步履一如往昔，而与来时不同的是，追随法王如意宝归藏的弟子中多了不少汉僧。他们和法王如意宝一起回到了色达喇荣五明佛学院，这在历史上从未有过。自此以后，五湖四海的汉地修行者络绎不绝地走入色达喇荣五明佛学院，依止法王，精进地闻思修持浩如烟海的显密教法。正如祖师们所授记，法王如意宝弘法利生的事业惊天动地。如今，五明佛学院早已是佛法再弘之重镇。法王 30 余年来倾尽心力培养的弟子们，正承续着法王利益众生的不朽事业。

大恩根本上师希阿荣博堪布是法王的心子。希阿荣博堪布（以下简称上师）在喇荣五明佛学院闻思修行二十多年以后，于德格玉隆地区建立了扎西持林寂静地。作为他的弟子，我对法王如意宝有着无上的信心，因而与文殊菩萨有着殊胜的因缘。五台山一直是我心中最向往的地方，《月灯经》上说：“哪怕只是朝着五台山的方向走七步，也有很大的功德。”更何况这一次，我们是循着法王如意宝的芳辙，追随希阿荣博堪布仁波切的步履，来朝礼文殊师利菩萨。在上师身边，透过圣者没有执着和分别的心，我们感悟五台山的一切，无论是幽微的花草，还是壮阔的山河，都空灵澄澈、自在静谧。

一路随行，风过若菩提，水流似真谛，上师为弟子们讲解甚深法要并赐予了诸多与文殊菩萨有关的灌顶和传承。依上师教言，弟子们在这里虔敬地发愿圆满普贤行愿，一遍又一遍。当上师讲述法王的故事、感念法王和大圆满传承祖师的恩德时，师徒们往往一起哽咽动容，挥洒清泪。在这里，我们一边护持自己的心念，一边听着上师慈爱地反复叮咛：“在圣地一定要时时观清净心，认真发愿。一定要保持内心很安静。师兄之间一定要团结和睦，不要生起烦恼。”

感动无法尽述，融化在每位弟子的心间，便是杨枝甘露。点点滴滴中，上师的加持无处不在。此番圣境之栖，每一个弟子的感受可能不尽相同，却都无时无刻不在清净业障，增益信心。

台怀镇地处由五台山五大高峰东台、西台、南台、北台和中台形成的环抱之中，故名“台怀”，五台山的佛教寺院有一半以上集中在台怀镇

第一天

藏历水龙年五月十三日，
阳历二〇一二年七月一日
塔院寺 大白塔 藏经阁

旅游小贴士

• 朝拜佛门圣地的注意事项

五台山是佛门圣地，进入寺院、佛殿以及在佛塔旁均不宜抽烟、喧哗、接打电话、嚼口香糖、打闹嬉戏等；

服装鞋帽以整洁为宜，入佛殿不宜穿过于暴露、随意的服装；

右绕是佛门传统，转绕佛塔、佛像时应顺时针而行；

化学香会污染空气，尽量不请购；点香时可用手煽灭明火，不宜用口吹；

敬香时手臂平行地面举至齐眉，可防止手在垂直持握时香灰掉落烫伤手臂；

不评论佛像庄严与否，提到某尊佛像时可以手掌示意，不宜用手指直指；

有人磕头礼佛时，尽量不从其前经过及正面站立；

寺中诸物不宜乱动，尤其钟鼓等法器，寺中水果、植物等不可随意摘取；

出家人的饭食为十方善众所捐，容许游客在寺内用餐乃佛门的慈悲方便，享用饭食之余自不应忘记随心供养。

• 如何去五台山

自驾　北京至五台山已开通高速公路，长约 340 千米，驾车约需 4 小时。太原到五台山 230 千米，驾车约需 3 小时。7、8 两月旅游旺季时，自驾车一般不允许进出五台山，须停在山下停车场，然后换乘景区交通车进山。

巴士　北京六里桥长途汽车站每天上午至少有一班大巴直达五台山景区，并且随季节不同会增开 1~2 班次，票价约 145 元，车程约 5 小时。太原客运东站每天 7:00~15:30 有多班大巴直达五台山景区，其间根据人数不等发车间距半小时到一小时不等，票价约 66 元，车程约 4 小时。

火车　目前有北京、太原等地始发的多班普快列车经过五台山火车站。北京到五台山的火车通常在深夜或凌晨到达。太原站每天有 3 班发往五台山的火车，时间是 7:08、19:30、22:05，车程 3.5~6 小时不等，硬座票价是 15.5~37.5 元。五台山火车站在繁峙县砂河镇，距离五台山风景区还有 54 千米，火车站广场前有去台怀镇的巴士，票价约 25 元 / 人，约 1.5 小时车程。

• 五台山旅游季节

五台山旅游多集中在夏季，尤以 7、8 月为佳。夏季非常凉爽宜人，没有明显的春秋季，冬季漫长而寒冷，通常 10 月便开始下雪直至次年 4 月。冬季进山需注意路面积雪，并提前关注道路交通报道。

塔院寺

塔院寺位于五台山佛教中心区台怀镇，原是大华严寺的塔院。明成祖永乐五年（1407）扩充建寺，改用今名，是五台山五大禅林之一，也是青庙十大寺之一。塔院寺坐北朝南，由横列的殿院和禅堂僧舍组成。殿堂楼房 130 余间，占地面积 15000 平方米。

大白塔

大白塔全名为释迦文佛真身舍利塔，坐落在塔院寺内，而塔院寺也因此得名。大白塔是五台山的一大标志，也是五台山的象征。

藏经阁

藏经阁在大白塔北侧，是一座木结构建筑，内有用汉、蒙、藏多种文字所写的经书两万多册。其中宋至清乾隆年间两千多册经卷为善本，是五台山佛教的经典宝库。

塔院寺

藏经阁

大白塔

行程 1
Journey One

大白塔——五台山的著名标志

走入台怀镇，从很远的地方就能够看到一座大白塔，塔身拔地而起、凌空高耸，在五台山群寺簇拥之下显得颇为壮观。站在菩萨顶上观望白塔四周，寺庙楼阁鳞次栉比，塔院寺因此塔而得名。

白塔通高 75.3 米，是五台最高塔，常被看作五台山的标志。塔内安放着阿育王所建的文佛舍利宝塔。下层供有文殊、观音、普贤、地藏四位菩萨。环绕塔基的四周建有四个大的法轮和 115 个小的法轮。塔顶有风磨铜宝瓶，高 5.4 米，历经几百年风霜雪雨，愈发显得洁净锃亮，在阳光下熠熠生辉。

白塔身形周正优美、俊逸庄严，端坐于千年无涯的时空里，耸立在万里无际的天地间，自有一种"慧无能胜、力无能屈"的力量，让人一眼见到它，就会心生感悟："塔影浮天梵宇净，鸟声出谷暮云闲。"上师说："这是印度阿育王所建的佛舍利塔，当时的塔很小，历代不断扩建达到今天的规模。旁边还有文殊发塔，特别殊胜。"

大白塔始建于何时，目前已难以稽考。据《清凉山志》载，此塔在汉明帝以前就有了。公元前 486 年，释迦牟尼佛灭度后形成 84000 颗舍利子。古印度阿育王用五金七宝铸成了 84000 座佛舍利

塔院寺是希阿荣博上师此次朝礼五台山到达的第一处圣迹

塔，分布于大千世界中。中国有19座，五台山独得其一，被称为慈寿塔。据说，东汉明帝时，西域僧人摩腾就是看到五台山台怀之地似佛祖说法之灵鹫山，且此地已有一佛塔，才奏明汉明帝在五台山修筑寺庙的。由此可知，佛舍利塔，建造于五台山兴建佛寺之初。北魏时，显通寺称“大浮图寺”，意即大塔寺，可见大白塔起码在北魏时期就已耸立于五台山了。现存大白塔，据专家研究，始建于元大德六年（1302），由尼泊尔匠师阿尼哥设计建造，因塔的形制为覆钵式的尼泊尔大白塔，俗称大白塔，以前的慈寿塔置于大白塔腹中。该塔工程之大，建造之难，为五台山之最。建成后，最初作为显通寺的塔院，明永乐五年（1407），永乐帝重修此塔，并独立起寺。此后又经历代修葺，终成今日模样。

大白塔的后面就是藏经阁，藏有汉、藏经书20000余册，是五台山佛教的经典宝库。这里是1987年4月法王如意宝带领弟子们念诵近200万遍《普贤行愿品》的地方，法王当时的法座就在藏经阁的台阶之上，而希阿荣博堪布仁波切当时就坐在法王身边。

在塔院寺供灯

时光飞逝，转眼即是25个春秋。2012年7月1日，希阿荣博上师第三次朝礼五台山。此次朝圣第一天的午后，上师带着慈悲的笑容，迈着轻盈的步伐走来，仿佛是踏在莲花上。他带领弟子们顶礼法王如意宝当年坐处，献上白色哈达，念诵法王如意宝祈祷文。此刻的上师专注宁静，完全沉浸在对法王如意宝的思念中。

作为朝圣第一站，上师选择来到这里，带领我们念诵《普贤行愿品》，一起发愿弘法利生，有着殊胜的意义。

1987 年 4 月，法王如意宝朝礼五台山时的留影

二十五年后，希阿荣博堪布在塔院寺法王如意宝当年讲法的地方敬献哈达

在《寂静之道》中，上师这样说："由于往昔的愿力和因缘，诸佛菩萨在众生面前的显现各不相同。普贤菩萨的显现是行愿第一，他发下十大愿王，从礼敬诸佛到普皆回向，是一切欲求无上佛果的学佛人必须行持的殊胜法门。法王如意宝曾经说过，如果一个修行人每天念诵一遍《普贤行愿品》的话，他的人生可以说是非常有意义的。"祈愿我们能够生生世世追随上师，圆满如海一般广博深邃的普贤行愿。

对于普贤行愿的境界，上师也曾这样说："内心真、善、美到极致的表现，正是普贤十大愿王所描述的境界。虽然我们还没有亲证那不可思议的境界，但对证悟者的净见量我们有坚定的信解，日日受持、恒不忘失普贤行愿，以为引导，一步步回归自性的万德庄严。"

诵完《普贤行愿品》，供灯开始了。顷刻之间，文殊心咒的念诵声回荡在整个寺庙，嬉闹的孩子们安静下来，弟子们则静心凝神。在塔基和藏经楼的台阶上，在大白塔和经楼中间的香炉周围以及空地上，在我们目光所及的地方，一盏又一盏酥油灯被点燃了。对于一个修行者来说，供灯有着非同一般的意义。灯光象征着般若智慧，它的光明可以驱散众生的无明黑暗。供灯人可借此回向增长福慧，生生世世能值遇佛法，闻思修行。

在色达喇荣五明佛学院，法王如意宝每天都坚持在经堂里供三千盏酥油灯，日复一日，年复一年，二十余载，从未间断。尤其在普贤云供法会中，其供灯数量多达几万盏。

此时，上师虽然神情专注，举手投足却像少年般敏捷。他蹲在一旁，怀里揣着一包油灯，一边念诵着文殊心咒，一边很快点燃了一排排的油灯。在这星星点点的灯火中，上师第一次来到五台山的身影浮现在弟子眼前。那时的上师穿着满是补丁的僧衣，生活极其俭朴，却欢乐无忧、宁静庄严，心怀天下众生。那时，年轻的上师除了供养法王如意宝外，把所有的钱财都用来供灯了。

回忆法王如意宝

在塔院寺，上师深情地回忆法王如意宝与文殊菩萨的殊胜因缘：

“由于殊胜的因缘，法王如意宝对文殊菩萨的信心不可思议。

“在法王为救度有情而慈悲应化的无数次转世中，他示现了各种不同形象。曾经一世法王转为善财童子，在文殊菩萨面前发无上殊胜菩提心，并得到文殊菩萨指引，参访了110位善知识后圆满了无上菩提。法王上师在学院讲课时经常说：‘要离开的时候，我没有什么执着的，最舍不得是在往生四因的摄持下和僧众一起念诵《普贤行愿品》。念诵《普贤行愿品》的功德非常大，真正心清净的话，念诵一遍的功德和去拉萨朝圣的功德是一样的。’

“法王依然能够忆起，他的前世大悲铠甲曾与文殊菩萨化现的智慧铠甲前往鸡足山看望无著菩萨的情景。

“在雪域藏地，诸教派共称全知麦彭仁波切是文殊菩萨化身。当法王如意宝转生为格萨尔王的大臣丹哲叶吾布美时，他的父亲丹玛正是麦彭仁波切的前世。所以在前几世中，麦彭仁波切和法王曾为父子。法王15岁时诵麦彭仁波切所造《直指心性》，每诵一遍《直指心性》就念诵麦彭仁波切祈祷文100遍。当法王至诚念诵祈祷文100万遍时，他证悟了大圆满。法王曾说：‘凡是我的传承弟子，乃至得到点滴之成就，如于三宝生起刹那信心，皆来自于全知上师麦彭尊者的加持与恩赐。所以我的弟子，皆当于全知上师生起不共不退之信心，应当昼夜精勤祈祷求加持。’

“龙钦巴尊者、宗喀巴大师和萨迦班智达是藏地三大文殊菩萨的化身。法王曾于净相中亲见他们。

“1985 年冬，当时法王正为学院数以千计的弟子传授《大幻化网》密续。一日，于法王闭目沉思时，无垢光尊者与益西措嘉佛母飘然降落，赐予他《大幻化网》的甚深灌顶。之后，法王于智慧中自然流露出《大幻化网》灌顶仪轨，法王口述，由我笔录。由于此仪轨较长，口述与笔录持续了数天。此后，法王为海内外弟子赐予《大幻化网》灌顶时所用的均是此仪轨。

“1986 年 7 月 20 日，法王正安闲地坐在床榻上，宗喀巴大师忽然降临在他的面前。他给法王传授了《三主要道》并微笑着说：‘我如今在至尊弥勒菩萨座下名为文殊藏，你的弟子中若有人背诵《三主要道》法要，受持八关斋戒，以法性力的加持，一定可以转生到兜率天。将来在我成佛为狮子吼如来时，当是我的眷属。’

“法王在石渠求学的时候，萨迦班智达在光明梦境中显现，为他传授了《文殊真实名经》并赐予殊胜加持。醒来以后，法王对显密一切法要无所不知，因明等所有问题都迎刃而解。

“由于法王如意宝净相中亲见三位祖师的殊胜缘起，致使藏传佛教中鼎足而立的格鲁、萨迦、宁玛等各大教派友好和睦。

“在尼泊尔期间，法王曾经精进念诵文殊赞偈颂：‘一心一意而祈祷，遍知文殊金刚尊，赐予殊胜之加持，智慧融入吾相续。’当圆满三十万遍的那天，人们看到从夏绒卡秀塔的塔顶放射出一道白光，直照射到法王的房间。这让尼泊尔信众们对法王生起了无上的信心。

“1986 年法王如意宝发愿，为度化芸芸众生，愿将佛法的甘露洒向汉地。因汉地是文殊菩萨应化的道场，法王准备朝礼五台山。朝圣的缘起在同年为 6000 余名僧众灌顶时已显现。在《文殊幻化网》的灌顶中，念诵到迎请仪轨时，法王突然从法座上腾空而起，尔后又徐徐落到法座上，入定良久后，法王平静地对弟子们说：‘刚才，在我感觉之中，五台山的文殊菩萨和布玛莫扎亲自来此迎请我们。我从现在开始与汉地众生结缘以度化他们。以后我们学院可能会有许许多多的汉族弟子前来求法、修行，并将显密佛法弘传到世界各地。’

“为朝礼五台山做准备，法王在许多场合发起念诵文殊心咒，很多弟子发愿念一亿遍，总数有几千亿之多。那一年我24岁，回到自己的家乡，也发起大家念诵心咒，总数有两百多亿。念文殊心咒可清净业障、消除违缘、增长智慧。法王1987年的朝圣非常圆满，对佛法再弘起到了不可思议的作用。

“1987年法王如意宝莅临五台山时正值春天，其时和风吹送，春色满园。四川、青海、西藏等地的一万多名藏族弟子自发追随法王而来，他们的红色僧衣漫山遍野。不用说在尚未开放的年代里不可能，这在历史上也从来没有过。

“佛经上说，五台山是文殊菩萨与其眷属诸菩萨众一万人常转法轮之地，而1987年法王朝圣，并未提前报名或者计划，自发地从各地追随法王脚步而来到五台山的弟子和信众也是一万人，这里应该有法王他老人家的甚深密意。

“法王如意宝的功德不可思议，他就是有这样的气势和力量，为了利益众生，总是奋不顾身、不畏艰难，总能够行人所不能行，总能开创性地去完成历史上没有过的事情。法王在《愿海精髓》中写道：‘未来导师九百九十六，于此刹中示现成佛时，恒时随行愿成胜弟子，愿获广弘事业威猛力。’他确实具有这样一种力量。

“就是在塔院寺，法王如意宝带领一万弟子与信众念诵近200万遍《普贤行愿品》，这在五台山的历史上没有过。法王如意宝于此发愿：凡是与我结缘的众生都往生极乐世界。

“很久以前，莲花生大士的化身菩提金刚有这样的授记：‘单坚阿拉木天喇荣沟，邬金莲师化身名晋美，彼于菩萨四众眷属中，广宏显密教法如明日，利生事业顶天立地也，清净所化眷属遍十方，凡结缘者皆生极乐刹。’法王如意宝在塔院寺发下的宏愿和菩提金刚的授记没有任何差别。

“五台山留下了很多法王如意宝的足迹，特别是在善财童子洞、那罗延窟以及小黛螺顶等殊胜的地方，法王日日夜夜都在光明境界中，他现量见到文殊菩萨，得到文殊菩萨的加持，从智慧心中流露出殊胜的法要有很多：《亲见文殊菩萨发愿之金刚道歌》《忠言心之明点》《文殊寂静修法传承祈祷文——信心妙药》《文殊寂静修法大圆满仪轨——速赐加持》《极密续注释——文殊教言》《童子欢庆会之欢喜歌》《生生世世摄受愿文》《举一反三童子戏》《开显教诫取舍文》《祈祷加持日光文》《文殊静修分支大圆满引导文——手中赐佛》《文殊静修分支增长智慧丸之修法仪轨》以及《妙音佛母之修法仪轨》等。

“朝拜五台山是法王如意宝在汉地弘扬佛法的开始，在五台山的一百多个日夜里，法王为汉、藏、蒙四众弟子传授了《七宝藏》等诸多甚深显密法要。同时为了利益未来的众生，又将许多伏藏品交付与护法神或者以种种方式隐藏于此，等未来有缘者来开取。

“念诵《普贤行愿品》时，法王如意宝的法座在这里，我当时就在旁边。这次我的弟子们来到五台山一定要好好发愿。第一、发愿今生乃至生生世世不伤害任何众生。第二、发愿自己和自己结缘的所有众生能够脱离苦海往生西方极乐世界。这两个发愿非常重要。

“此外，朝圣期间，每一个弟子都要护持好自己的心念，圆满念诵文殊心咒10万遍。”

由于在上师身边经常受到熏染，追随上师的弟子们都对法王如意宝有着无上的信心，大家双手合十，欢喜发愿。《宣说文殊刹土功德经》中有云："诸法依缘生，住于意乐上，何者发何愿，将获如是果。"

落日西沉，天色渐暗，昼光幻作晚景。不知不觉中一轮皎洁明月已然升至大白塔的上方。法王为上师点燃的智慧明灯，上师今天又为我们点燃。这看似微弱的灯火在风中轻轻摇曳，却永远照耀着我们千万里修行之路。如《维摩诘经》所言："一灯燃百千灯，冥者皆明，明终不尽。"

如是，上师一点一点为我们播撒下菩提的种子，根植在弟子们的心田，这些种子一定会发芽、长大。银色的月光如水，上师带领我们一边持诵经咒一边转绕佛塔，圆满了第一天的行程。

希阿荣博上师带领弟子们在塔院寺供灯、发愿

希阿荣博上师在东台那罗延窟前为弟子们传法灌顶

第二天

藏历水龙年五月十四日，
阳历二〇一二年七月二日
那罗延窟　东台　望海寺
北台　灵应寺　金刚窟

旅游小贴士

那罗延窟

五台山佛洞，东台灵迹之一。那罗延为天力士名，有天上力士、金刚等意思。清人高鹤年著《五台山游访记》载："从东台顶东下数百步，那罗延窟，古称灵迹。其内寒风凛冽，盛夏有冰，吐纳云霞，或灯光时出。"是五台山少有的殊胜之地。

东台（望海峰）

东台位于台怀镇东10千米，海拔2795米，面积100余亩，台顶曾建有望海楼。夏日天气晴好时，黎明登临其上，可见云海尽头的红日喷薄而出。中国佛教协会会长、诗人赵朴初，1981年登临东台时曾即景咏词："东台顶，盛夏尚披裘，天着霞衣迎日出，峰腾云海作舟浮，朝气满神州。"

望海寺

望海寺是五台山东台顶上的寺庙。到望海寺最值得一做的事是登上望海楼，极目远望。正如古人所说的那样：登上东台顶，极目到海瀛。东台日出是五台山的一大自然景观，历来吸引着无数人登山朝日。

北台（叶斗峰）

北台是华北地区的最高峰，素有"华北屋脊"之称。北台的妙处在于观雪，每年的农历八月起，这里就开始下雪。台顶气候异常寒冷，通常9月见雪，次年4月解冻，台背阴面有常年不化的冰雪，称之为"万年冰"。

灵应寺

灵应寺位于北台顶，创建于隋代，主供无垢文殊菩萨。寺后龙王殿东的隐峰塔是北台顶一大灵迹，是为纪念唐代高僧隐峰禅师而建的。这里是总览台怀腹地风光的最佳位置。有些台怀附近的居民和外地游客都特意安排在农历九月九日登临灵应寺，然后在南天门放风马，祈求时来运转，吉祥如意。

金刚窟

金刚窟在台怀镇花坊村后的楼观谷左崖畔。据说它与北台顶的天井相通，是五台山最神秘的一个地方。据说文殊菩萨初来五台山时，就把三世诸佛供养之具、楞伽鬼王造的天乐一部及金纸银书毗奈耶藏、银纸金书修多罗藏，都藏于此。可惜，金刚窟在 1968 年被炸毁，在原址旁兴建了"茅蓬山庄"。

那罗延窟

望海寺

北台（叶斗峰）

灵应寺

金刚窟

东台

行程 2
Journey Two

那罗延窟——传说中的文殊秘宅

那罗延窟是文殊秘宅，在东台顶下不远的半山腰处，海拔 2769 米。那罗延，天力士名，有坚固不可摧、金刚不坏而具大力量之意。传说那罗延窟和金刚窟是相通的。《清凉山志》卷二云："其内风气凛然，盛夏有冰。吐纳云霞，或灯光时出。华严云，是菩萨住处，亦是神龙所居。曾有异僧，入而不出。"镇澄心目中的那罗延窟清虚灵动，幽寒玄妙：

石窟开岩畔，灵踪接上方；
云霞常出没，神物自幽藏。
冷积千年雪，虚明五夜光；
东南观海岱，烟水思茫茫。

蔚蓝的天空如洗，远远地就能看到洞口的五彩经旗。从台顶到那罗延窟有 666 米吉祥路，上师拉着达瓦嘉措活佛的手缓步走下台阶，随后带领弟子们来到了洞口前开阔的空地上。这里有一尊白色的文殊菩萨像，文殊菩萨手持宝剑，注视着前方层层叠叠的峰峦，仿佛守望着永恒，如如不动。

洞口上方是法王如意宝和列绕朗巴上师的像。上师凝视着法王的像，显现上非常欢喜。其时蓝天白云，和风吹送，经幡飘舞，让人莫名感动。上师还未开口，我的眼眶却已湿润，虽然在末法年代，我们却如此幸运。弟子们自觉迅速地围拢过来，同上师一起念诵《八圣吉祥颂》和《大自在祈祷文》。念诵声中，土登喇嘛和聪达喇嘛已经进入洞中，为洞中的诸佛菩萨像上香、供水、供灯。

上师并未着急进入那罗延窟，而是站在这块空地上，为弟子们开示那罗延窟的殊胜：

“佛经记载，印、汉、藏公认，五台山是没有争议的清净刹土——文殊菩萨的道场。释迦牟尼佛祖在华严经中说过，文殊菩萨就住在五台山。那罗延窟是《大方广佛华严经》明确授记文殊菩萨安住的山洞，是文殊菩萨长期与金刚手菩萨等一万菩萨转法轮的地方。凡夫会有疑惑，这么小的山洞怎么容纳一万菩萨。一个小小的微尘可能容纳无数的净土，凡夫无法看到；我们这个小小的范围也有无数的空间，所以你们一定不要有疑惑。

“1987 年法王如意宝莅临五台山，来到了这里。那罗延窟‘风气凛然，盛夏有冰’。即使在最热的季节，里面的温度也很低。现在是 7 月，外面阳光灿烂，非常温暖，而在洞窟里面我们可能 5 分钟也待不住。而 1987 年春天，法王他老人家在窟内闭关了整整 14 天，非常不可思议。法王亲口说过：‘在此期间，我日日夜夜都处于光明境界之中。’

“《文殊静修大圆满引导文——手中赐佛》等法要就是法王在那罗延窟时，于光明境界中流露出来的。写下来之后，一个字也没有修改过。此后法王两次在这里赐予弟子们《手中赐佛》的传承。法王在五台山期间所做的大部分金刚歌，包括《生生世世摄受文》等都是在这里完成的。法王如意宝最重要的两个心子，嘎巴堪布和晋旺堪布也在这里为其他弟子传讲了无垢光尊者的《七宝藏》。

“大家一定要认真地发愿。到了文殊菩萨的道场，一定要观清净心。佛经记载，大家来到五台山一定可以见到文殊菩萨。但是文殊菩萨以什么形式显现我们却不知道，所以观清净心非常重要。

“会供以后，我会给你们传授文殊身语意灌顶。原来我的愿望是在这里传讲《文殊静修大圆满》的灌顶和窍诀，这次人比较多，时间也仓促，没有办法完成。

“刀登活佛、亚玛泽仁活佛，还有达瓦嘉措活佛连夜从藏地赶来。很多高僧大德一生的愿望就是能够来这里朝圣。大家来了就一定要珍惜。我们做会供的时候，你们一边供灯，一边好好地发愿，在那罗延窟这样殊胜的地方，一定会得到不可思议的加持。”

在那罗延窟供灯

末法年代，慈悲的上师没有舍弃我们。他来到我们中间，示现在弟子们眼前。在那罗延窟洞口，上师耐心细致的开示中有一种特别的力量，让所有的弟子欢喜、感动，信受奉行。一定是因为感念和文殊菩萨无二无别的上师对我们的恩德，泪水挂在不少弟子虔敬的脸上。

上师在微博中曾经说，“很多人都有这样的经历：在佛像前，念经时，忆念上师三宝，或者生起真诚的慈悲心之时，会情不自禁地流泪。法王如意宝以前常常说，忆念上师三宝的功德与恩德，以及众生的痛苦和无奈，发自内心地哪怕只流下一滴眼泪，也会清净往昔无数的恶业。这就是信心、慈悲心的力量”。

在朝圣的 6 天中，跟随在上师身边的很多师兄日日皆会落泪。五台山虽是清凉世界，山上紫外线却很强，以至于防晒霜几乎不能发挥它的效用，很多师兄的脸都被晒得脱皮了。于是，时常可以看到师兄们被太阳灼红的面庞上挂着晶莹的泪珠，在阳光下闪烁。这时的我，内心里非常随喜他们。

“帕巴将华云呢杰巴拉香擦洛……”在《普贤行愿品》的念诵声中，上师手执哈达，来到洞外文殊菩萨像前，朝着文殊像和洞口顶礼后移步洞中。弟子们也跟随着上师在洞外顶礼。

那罗延窟呈狭长形延伸，不是很高，上师身姿挺拔，经常需要稍稍弯腰。地上简单地铺设了一些砖块，随意但并不凌乱。洞窟两侧是诸佛菩萨和密宗传承祖师的汉白玉佛像，最里面是普贤王如来，而文殊菩萨、莲花生大士和法王如意宝像陈设在离洞口不远处。洞内，一盏盏供灯摇曳生辉，光亮相互接应，氤氲成一片光的柔波，映照着白色的哈达、彩色的经幡与鲜花。石壁潮湿润泽，虽是夏日但却凉爽得沁人心脾，棱角起伏处偶见夹杂的泥土，光洁平滑处则不断滴下甘露。洞的尽头有些隐隐的光亮，斜照在凹凸不平而又湿润的岩壁上，随视线而律动，好像夜幕远天闪闪的星光。这是凡夫俗子眼里的那罗延窟，而在没有分别的成就者看来，正如上师在开示中所说，“一个小小的微尘可能容纳无数的净土，这里就是文殊菩萨和金刚手菩萨等一万眷属常转法轮的地方”。

“言语道断，心行处灭”，那罗延窟的殊胜是超越语言表达的。

上师在洞窟左侧离洞口不远的佛像旁坐下，与随行出家僧众一起修法、安住并做文殊会供。上师和僧众所修《文殊寂静修法传承祈祷文——信心妙药》和《文殊寂静修法仪轨——速赐加持》都是法王在那罗延窟于觉性界中无勤显现而撰著。《续规文殊寂静会供仪轨》是法王依文殊怙主上师（即麦彭仁波切）谛实语而撰著。这些仪轨都被收录在《显密念诵集》第二册中。

一个简易的纸箱充当了上师摆放经文的桌子。汉白玉的佛像前面，端放着法王的照片，前面供着一个小小的白色朵玛、些许饮用矿泉水、几盏油灯和上师为法王金刚心特制的金盒。

上师手持铃杵，会供间偶打手印，极其柔和，温润优雅，透露出内在的沉静、祥和与力量。上师“语言清净，音声和美”，所以他念诵经文的声音非常好听，辽远而深邃。在会供中，上师曾长时间地安住。有时上师会从洞中石壁上取下些许潮润的泥土，放入自己嘴里，也分给随行僧众。

弟子们则依上师教言，在洞外念诵《普贤行愿品》，一边发愿，一边供灯。这时，有一个活泼可爱的小宝贝儿抱着很多酥油灯，跑到一个可以稍微避风的地方，认真地点起来。有师兄慈爱地问：“小师兄，你多大了啊？”他扬起小脑袋，自豪地说：“阿姨，我四岁了。”这是此次朝圣最小的随行弟子，虽是不谙世事的孩子，却对上师三宝具足信心。

传授文殊身语意灌顶

那罗延窟外，峰峦叠翠，隐约一直绵延伸展至看不到边际的远方，与天相接，与云相衔。清凉圣境，苍穹无垠，置身其间，恍然融入湛蓝深邃的虚空，有一种独立于世界尽头的苍茫旷达之感。

会供结束后，弟子们随上师一起来到窟外空旷之地。那里有若干红砖堆砌成的台子，约有两米高，正可以当上师的法座。上师端坐在八吉祥的伞下，僧众环绕在周围。蓝天白云下，朱红色的砖映衬在绿植遍野的山坡前，非常好看。曾经听说，1987 年法王如意宝在五台山小

希阿荣博上师带领弟子们在那罗延窟内举行文殊菩萨会供

会供结束后，希阿荣博上师为弟子们赐予文殊菩萨灌顶

黛螺顶传法时也是坐在一个石头堆砌起来的法座上。

上师开示，如是我闻：

“很多人提到过在白玛才旺法王祈请下，法王如意宝掘取的伏藏‘文殊菩萨身口意的灌顶’特别殊胜。大家应该知道，祈请的人白玛才旺法王是宁玛巴再弘时期最伟大的上师之一。今天在那罗延窟这样殊胜的地方，我给你们传授这个灌顶。

“那罗延窟是法王如意宝闭关14天，在光明境界中，取出《文殊静修大圆满——手中赐佛》的地方，非常殊胜。我最大的愿望是到这里来给大家传授法王境界之中流露出来的《文殊静修大圆满》的修法仪轨、灌顶和窍诀。但是这次时间不够，人也比较多，所以没有办法传。将来一定会传给大家。

“希阿慈诚、扎西旺修和土登在上海治疗，他们周围的个别人也知道了这个消息，因为这个缘起也一起来到五台山。还有达瓦嘉措活佛、刀登活佛、亚玛泽仁活佛也是连夜赶到了这里。我们能和他们一起发愿非常殊胜。

“成都的弟子们整理《显密念诵集》，校对排版特别辛苦，差不多两三个月的时间里都是晚上3点以后才休息。《显密念诵集》最主要的翻译是由希阿慈诚法师完成，我的传记很多也是他翻译的。我多次提起，希阿慈诚法师、扎西旺修、聪达喇嘛和土登，他们都是修行很好、戒律特别清净的修行人。有他们和我们一起共同发愿，特别殊胜。”

接下来，上师为弟子们传授文殊身语意灌顶。在进行到意灌顶时，上师感念法王对众生的恩德，一度哽咽，弟子们也无不泣下，随后观想眼前的“阿”字融入虚空并和上师一起安住。时间好像在这一刻凝固了，弟子们的内心充满了感动，感动中随上师一起安住。之后眼前的外境如梦幻般一一呈现，这时我们很难分清楚在起作用的是上师的心还是自己的心。上师的心如此柔软慈悲。顶礼大恩根本上师！

在上师心中，法王如意宝是真正的佛。上师曾经教导我们说："上师与弟子之间关键的是心灵相契，无伪的信心可以穿越时间、空间，而成就者的加持无所不在。当我们逐渐敞开心扉，学会恭敬而亲密地对待周围的一切，与己、与人、与世界不再频发冲突，我们会明白：这份单纯坦白是上师手把手教会我们的。"

上师对法王无比的信心与甚深的敬爱之情贯穿朝圣始终，每一个弟子都为此深深感动。透过上师没有执着和分别的心的示现，我们感受和亲历这点点滴滴，领悟并学习如何敞开心扉，建立无伪的信心，真正"视上师为佛"。

上师接着开示道：

"《显密念诵集》在《喇荣课诵集》的基础上，从《法王如意宝全集》和《全知麦彭仁波切全集》中挑选了很多适合当代修行者的显密法要，含摄了上师、本尊、空行、护法的修法仪轨，也包含很多伏藏，例如：《莲师七品》《度母四种曼扎》等。其中也有代代手抄相传而尚未收录在《麦彭仁波切全集》二十七函中的《鲜花供》。而像《莲师的祈祷文》的系列则是从德格印经院木刻版直接翻译过来。此外，又增补了喇荣五明佛学院法会念诵的仪轨等内容，汇集成三册，以适合不同根机、意乐的修行者。《显密念诵集》整个收集、整理、翻译和校对的过程历时近 3 年，工作量很大，仅仅是校对就十几遍。经过了多个藏汉版本的对照和细致甄别，可以说，《显密念诵集》的内容都是精心挑选，且翻译得非常准确，一定能够弘扬到汉地和海外。弟子们请到《念诵集》的时候，一定要好好修持。

“希望弟子们真正能发愿以后一心一意地修持文殊菩萨，持诵文殊菩萨心咒。这样将来我们师徒有可能还会在这里聚会，有可能实现《文殊寂静修法大圆满——手中赐佛》的灌顶和窍诀传讲的愿望。

“缘起不可思议，1987年我来五台山时，和亚玛泽仁活佛在一起。现在他还很年轻，我却已经老了（笑声）。当时由于种种原因，我没能到东台来。亚玛泽仁活佛我们几个人一起到了西台和中台，下山的时候我丢了帽子。当时我没有让大家去找，缘起很好，我一定会再来五台山朝圣。第二次来五台山由于冰雪覆盖也没到东台。这次来东台的愿望真正实现了。

“法王如意宝圆寂前两个多月，开极乐法会的时候，法王对我们说：‘一切都特别无常。我年纪大了，有可能很快就要离开这个世界。我的法衣、舍利等都不能做佛塔，我是一个没有功德的人，做佛塔没有意义。’所以弟子们依法王如意宝教言，没有把法王的法衣和真身舍利做成佛塔。

“根据佛经的记载和莲师的授记，法王如意宝是真正的佛，有的说他是莲花生大士，有的说是文殊菩萨。不论如何，法王如意宝和佛是一体的，无二无别。因此，我一直想按照法门寺供奉佛指舍利的盒子的样子，做一个盒子来供奉法王如意宝留下的金刚心。法王如意宝的金刚心现在供奉在喇荣五明佛学院。这次我离开北京之前，这个心愿实现了。

“今天早上我在这个盒子里放了法王如意宝圆寂前给我的头发和指甲。法王如意宝荼毗后，除金刚舍利以外所有的灰烬，都被放到大海中了。荼毗仪式在大经堂屋顶上举行，有一点点灰漏进屋顶

那罗延窟，希阿荣博上师手捧舍利金盒为弟子们开示

的裂缝中，前几年维修时发现裂缝里长出来许多舍利，今天也放了一些在这个盒子里了。法王一生撰写了很多大圆满的窍诀，而最终包含了大圆满前行和正行的修行窍诀总集是他在境界中流露出来的《文殊静修大圆满——手中赐佛》。

“盒子的设计很特别，由发心的弟子们完成。四面分别是藏文的法王如意宝祈祷文、法王如意宝心咒、代表法王的大鹏金翅鸟以及代表极乐世界的莲花。法王如意宝一生弘法利生功德无量，最后融入阿弥陀佛的心间。而我们通过祈祷法王和念诵法王如意宝的心咒，自己融入法王心间，将来往生西方极乐世界。这是吉祥殊胜的缘起。一会儿我会用这个盒子给大家加持。

“今天有一位法师说：‘在我成佛时，你们将成为首批眷属，获得成就。’这可能是很好的缘起。世间所有事情都是有缘起的，密法中非常重视缘起。我确实是一个没有什么功德的人，但是缘起非常重要。这次从北京出发时没有安排和大家一起走，但是因缘巧合，在高速路上我的车和弟子们的车相遇了。弟子们所有的车是黑色的，而我的车是白色的。相遇后白色车超过其他所有车跑在了最前面，这是很好的缘起，弟子在黑暗中遇见师父，和师父一起来到了文殊菩萨的刹土。

“在路上休息时，一个小男孩供养给我八吉祥的宝伞，这也是很好的缘起，这次朝圣一定会非常圆满，能够利益很多的众生。

“此外，差不多做了3年的《显密念诵集》即将完成，成都的弟子们把成书带到这里供养给我，缘起也非常殊胜。

“大家一定要在洞中好好发愿。如果有修密法的弟子，也可以在洞前修密法的仪轨。”

上师开示毕，弟子们无不生起信心、清净心与欢喜心。弟子们一边念诵文殊心咒，一边排队领受上师加持。每一个弟子都领到一颗殊胜的甘露丸。甘露丸是经过一亿遍观音心咒加持，由很多圣物制成。

上师就在天然的法座上念诵彻却、托噶和系解脱的偈颂，然后面对蔚蓝广袤无垠的虚空安住。湛蓝的虚空没有一丝云彩，此为修行大圆满的象征。连绵万里的青山在视野难以捕捉的辽远处与大地相接。旭日和风中，上师法相庄严，极具加持力。除了《文殊礼赞》外，我们再也找不到更好的方式来描述此时此刻的上师：“谁之智慧，离二障云，犹如净日极明朗；所有诸义，如实观故，胸中执持般若函。诸有于此，生死牢狱，无明暗覆苦所逼；众生海中，悲同一子，具足六十韵音语。如大雷震，烦恼睡起，业之铁索为解脱；无明暗除，苦之苗芽，尽皆为断挥宝剑。从本清净，究竟十地，功德身圆，佛子最胜体；百一十二，相好庄严，除我心暗，敬礼妙吉祥。”

在上师灌顶、开示和安住的整个过程中，文弱的希阿慈诚法师始终用他纤细的手臂稳稳地举着八吉祥伞，为上师遮挡灼热的阳光。在这段漫长的时间里，他也随上师安住境界中，如如不动。

行程 3
Journey Three

东台——望海寺和笠子塔

东台位于台怀镇东 10 千米，海拔 2795 米，又叫望海峰。《清凉山志》卷二有云："顶若鳌脊，周三里。又名望海峰。若夫蒸云寝壑，爽气澄秋，东望明霞，如陂似镜，即大海也。又见沧瀛诸洲，因以为名。"台上建有望海寺和笠子塔，寺内供"聪明文殊菩萨"。

笠子塔是东台圣迹。《清凉山志》载，宋宣和间，代州牧赵康弼与真容院慈化大师同游那罗延窟，见异僧入窟数日不返，只留下斗笠，故建塔藏之。该塔为覆钵式喇嘛塔，建于北宋宣和年间，由通青石砌筑，高约 5 米。塔基平面呈方形，塔身上有古朴的雕花。

东台的出家人因见上师在那罗延窟为大家传法灌顶，特前来询问是否要在此处午餐，上师欣然应允。

传法结束时，素斋已然备好。弟子们跟随着上师轻盈的步伐来到望海寺的斋堂。古朴的长条形木桌凳整齐地置放其间，素雅简洁而毫不矫饰。墙壁上写有"止语"二字。向来谈笑风生的上师，也遵守汉传寺庙的规定，进入斋堂以后就一言不发。大家一起默默地念诵《简供》供养三根本众，然后静心用餐。这一刻斋堂清寂而生动，钵碗之间，传递着自然的默契。简单的素食很是清淡可口。

上师餐毕，轻轻地拿出钱放在饭碗边。弟子们一一随学，大家都知道师父有教言，不能占用寺庙任何财物："当对境是僧众的时候，我向来都很谨慎，连僧众的一滴水都不会擅用，我这样发过愿。我在喇荣五明佛学院，即使因为学院的公事陪别人吃了碗米饭，也会折价交钱给管家。在其他寺庙如果吃了饭一定会补上钱，否则我不敢吃。随意享用给三宝的供养很损耗福报。有一次学院开法会剩下些茶和面，扔掉浪费，送人的话，恐怕收的人会遭果报，给动物吃，动物也会遭果报。法王如意宝让我们查阅经文，看看佛陀有没有关于如何处理的开许或教言，也没找到。最后我们商量把这些东西折价卖了，换回的钱再用来给僧众供斋。这个做法一直延续到现在。"

这一顿以汉传寺庙的方式完成的午餐其实很值得回味，因为能够真切感受到，在五台山，内教显密各宗派的和谐相融与相得益彰。午饭后，我们随上师一起转绕笠子塔，随即告别了东台诸圣境。

有此番殊胜的因缘，上师的一位亲近的弟子对那罗延窟生起了无上的信心，朝圣之后他又重游故地并于此闭关一段时日。他给我们带回来一张珍贵的文殊刹土的照片。其时他站在那罗延窟远眺，身后是随风舞动的彩色经幡，层峦叠嶂皆被云海覆盖，旭日东升，有浮光掠影之感；如同大海，水连天际，波涛微茫；云霞明灭，偶见瀛州于水中浮荡。我忽然了悟，为什么东台名"望海"。我们凡夫人眼里的五台山尚且如此美丽，那圣者看来，文殊刹土的万物，其功德妙用会是怎样"穷微极妙，无能称量"！

典故：无著菩萨与病狗

在整个朝圣的旅途中，上师一再叮嘱我们观清净心，要护持好自己的心念；师兄之间要和谐相处，不能生起任何烦恼；珍惜这次朝圣，一定要好好发愿。上师说："大家一定要认真地发愿。到了文殊菩萨的道场，一定要观清净心。佛经记载，到五台山，一定能见到文殊菩萨。有的人疑惑我们为什么看不到文殊菩萨。这完全看自己的因缘和业力。但是文殊菩萨以什么形象显现，根据个人业障因缘不同而不同。业障轻的，看到的较好，业障重一些的，看到的较差。

"《普贤上师言教》里也讲过这样的故事，一位修行人去五台山拜见文殊菩萨无功而返。返程途中，于峨眉山偶遇一人，此人交给行者一封信和些许路粮，并说：'途经雅杰时，请把信交给达西。'

"行者来到雅杰，却找不到叫作达西的人。只有一头老猪名叫达西。行者只好把信放到老猪跟前。老猪看完此信即刻往生了。行者很好奇，展开信件，只见信中说：'达西菩萨，你以旁生形象度化众生之事业已圆满，现应前往东方以其他行境利益众生！——文殊师利。'他方知偶遇之人即是文殊菩萨，即刻返回寻找，却了无踪迹。文殊菩萨的显现不可思议，我们应该坚信来五台山一定能够见到他，并且一定要时刻观清净心。

"无著菩萨在鸡足山苦行观修12年，期望能够面见弥勒菩萨，却连吉祥梦兆也未曾出现。他心灰意冷决定下山。途中看到路边双足残废的母狗，下身布满虫子。此时无著菩萨生起强烈的悲心，不仅施舍了自己身上的肉，还想要清除那些小虫。如果用手去抓，很可能伤害到小虫，所以他闭上双目想用舌去舔。这时母狗消失了，而弥勒菩萨金光灿灿地出现在眼前。无著菩萨说：'您的大悲心实在微弱，一直不现尊颜。'弥勒菩萨说：'不是我不向你露面，实际上我与你从未分离，只因你罪障深重，看不见我。经过 12 年修行，你的罪业稍有减轻，才看到这条母狗。现在由于你生起了大悲心，业障被清净无余，才真正地见到了我。你若不信，将我扛在肩上，让众人看。’于是，无著菩萨将弥勒菩萨扛在右肩，到集市上，他问人们：‘我的肩上有什么？’那些人说：‘什么也没有。’只有一位比较清净的老妇说：‘您的肩上有一具腐烂的狗尸。’之后弥勒菩萨将无著菩萨带到兜率天，为他宣说《慈氏五论》。无著菩萨返回人间后，开始弘扬大乘佛法。

“所以我们心里一定不要生烦恼，凡夫自己不清净则看别人也不清净，正如佛的表兄弟在佛身边 25 年，只看到佛在欺骗别人。”

行程 4
Journey Four

北台——华北地区最高山峰

北台位于台怀镇以北 5 千米，又称叶斗峰，海拔 3061 米，顶天立地，是五台山最高的山峰，同时也是华北地区最高山峰，被地理学家称为“华北屋脊”。台顶平广，方圆 2 千米。《清凉山志》记载：“在其下仰视，巅摩斗杓……风云雷雨，出自半麓。有时下方骤雨，其上羲晴……”

北台不仅海拔最高，山坡也最为陡峭，通向北台没有捷径。在被高山草甸覆盖的山坡上，漫长的盘山路迂回曲折。盘山路的两旁，绿茵茵的小草像是天然的地毯。地毯上间或有紫色、黄色和白色的野花，也有如音符一般流动的黑色的牦牛和白色的羊群，像极了色达的草原。

北台顶的地质构造绝对年龄在 25 亿年以上，所以也被称为“中国地质博物馆”。在地质学家眼里，北台是研究地质地貌的一个极其重要的地方。而在修行者眼里，这里是菩萨住处，清净刹土，是大地无始以来就有的面貌。

弟子们安静欢喜地跟随着上师的车，不断上行、转弯、再上行，有时抬头一看，其他师兄的车可能就在自己的头顶上方。北台之高峻，可见一斑。和自己大恩上师在一起，自然清净，不时会觉得外境如梦，与内无别。这时的我们仿佛是行走在修行的路上，修行之路虽然漫长，也可能艰难，但只要有具德的上师在，有不退转的信心，依教奉行，就可以毫不畏惧地前行，如此精进修持，就一定可以成就。这时候天高云淡，碧空如洗，却在我们头顶的正上方出现一片祥云，很像大鹏金翅鸟身上掉下来的曼妙轻羽，一直护佑着我们。

走过三门四柱、中门雕有“华北屋脊”的汉白玉石牌坊后约 2 千米，我们终于随上师一起登上了五台山最高峰。每每想到开车尚且如此不易，心里就非常佩服和随喜那些虔诚的磕大头的朝台者们。

台顶气候寒冷，通常农历九月飘雪，次年农历四月解冻，历史上亦有农历七月降雪的记载。北台所在的山叫云雾山，台顶上时常云雾缭绕，能见度很低。今日上师莅临北台，天气晴好，非常吉祥。极目远眺，可以“思接千载，视通万里”。站在海拔比东岳泰山高出一倍多的地方，脚下山开万列，北眺是北岳恒山山脉层峦叠嶂，巍峨壮阔；东望是一马平川的华北大平原。东台顶望海峰巍然矗立，仿佛亘古以来就和北台相望相守。清水河上下十几里，至此一览无余。

台顶有隋朝建的灵应寺，明朝重修过，寺内供“无垢文殊菩萨”。灵应寺结构简单而不失大气，占地面积为一千平方米。寺院内立有楼殿房舍十余间，大部分均为汉白玉砌筑。院中央筑有小拱桥一座。

来到五台山的最高峰，上师欢欣若赤子，拾级登上白色小桥，和弟子们一边念诵《大自在祈祷文》，一边留下珍贵的合影。上师笑容慈悲依旧，随着相机快门的起落，定格在永恒的时空之中。合影的背景非常美丽，湛蓝虚空无垠，自在白云无碍，变幻着形态，时而龙翔凤翥，时而瑞兽蹁跹，吉祥且壮观。天际高远，云彩却显得离

北台台顶，希阿荣博上师念诵着《大自在祈祷文》登上小桥

我们很近，仿佛就在头顶。北台顶上向来风力强劲，此时的风却似直贯东西，把云彩拉得很长很薄，虚幻如梦境。康熙皇帝有诗赞北台曰："钟鸣千嶂外，人语九霄中。"念诵声中，好像祈祷文中的诸佛菩萨都来到了台顶上空，给予我们如雨一般的加持。

灵应寺解释无垢文殊精义

灵应寺是用汉白玉筑成，通体洁白，晶莹透亮。殿内无柱，空阔宽敞。文殊殿左侧为龙王殿，供着广济龙王。相传文殊菩萨从东海龙王处借来歇龙石安放在清凉谷中，五龙王不依而前来讨要，文殊菩萨为了安抚他，就把他安排在北台顶接受人间供奉朝礼。每有旱情，当地百姓便到北台顶龙王殿祈雨。清代为了方便人们祈雨，便在台怀镇万佛阁建龙王殿，把五龙王请下山来，从此，万佛阁就被称为五爷庙。

灵应寺大殿中，供奉着5尊无垢文殊像，像高2米。每一尊都泛着柔和的金色光。上师带领僧众一边唱颂《文殊礼赞》，一边把香一一分给随行弟子。敬香、顶礼毕，优美的唱颂声中，只见上师手轻扬，橘黄色的哈达就飘落在文殊菩萨手里或是肩上，装点着金色的菩萨像，非常好看。

大殿基座宽大平整，上师坐于其上，弟子们则围绕上师坐在殿前的空地上。这是一个北台顶极为少见的朗朗丽日，汉白玉的墙壁在阳光下折射出一层白色光华，映衬着师父绛红色的僧衣。上师显现上很欢喜，笑得很灿烂，一切如此明媚，没有任何障碍，万里长空了无尘烟，与"无垢"二字非常相应。

上师为弟子们解释说：

“究竟实相上，一切本来清净，无染无垢。五台山的五峰代表着五方佛：东方阿閦佛，西方阿弥陀佛，南方宝生佛，北方不空成就佛，中央毗卢遮那佛。然而五方佛并不在我们的身外，一旦我们能够证悟五蕴的本来清净本性，五蕴即是五方佛。

“‘本来无垢之心性，了义文殊勇士体。’（《如来藏大纲狮吼论》）三世诸佛智慧总集所示现的青春童子相为不了义文殊，而本来无垢自性清净为心之法性，亦为了义文殊勇士。文殊，意为妙吉祥。心之自性清净，从最了义角度而言，未断二障而自性解脱，故名‘妙’；身智一切功德不需新得而本来圆满，故名‘吉祥’；将执着轮涅异体而取舍等分别相彻底消融于法界，故名‘勇士’。”

一位在北台朝圣的女众认出上师正是希阿荣博堪布仁波切。欢欣激动不已的她在一旁守候多时，终于鼓起勇气上前祈请上师授皈

北台灵应寺，希阿荣博上师向文殊菩萨供养哈达

依戒。上师让她顶礼三次，无比慈悲地含笑注视，然后一句一句带她念诵："皈依佛，皈依法，皈依僧，皈依上师。"弹指间，她已成为三宝弟子。上师把手轻轻放在她头上，念诵经文予以加持。最后上师轻声嘱咐："每天念诵一遍《金刚经》，多念《心经》。"

在场的师兄们无不合掌微笑，随喜这位有福有缘的居士。这时候天上的祥云似凤凰的尾羽，轻盈地缓缓拂过台顶。应随行弟子祈请，上师赐予《文殊语狮子修法仪轨》传承（收录在《显密念诵集》第一册）。关于此修法，上师讲述了一个法王如意宝的故事："法王六岁时，刚刚开始学习认字。偶然得到《文殊语狮子》的修法，见到此法的结尾有一个偈颂'印度圣境一老人，高龄已至九十九，不识文字勤修持，一日得见文殊尊'。法王心想，这样的老人只修一天就达到了这么高的境界，像我应该可以很快修成。法王非常欢喜，专心修持了几天，出现了许多验相。此后，无须再学拼读就自然会了，也能领悟一切经典注疏的内容。"

常驻五台山的一位法师说："北台顶难得有和风丽日的天气，只要飘过来一朵云彩，这里就会浓雾弥漫。人在雾中会感觉很潮湿，很不舒服，今天能在这样阳光明媚的环境中听法接受传承，你们很幸福。"我们真的很幸福，这一切却都是因为上师的福德力。

五台山，山有多高，水有多高。北台顶上，灵应寺旁，有澄澈如镜的黑龙池。池畔，上师像个孩子般地跑过来，和大家一起照相，向空中抛撒风马。他的披单在风中飘飞，风马也随风飞舞，越飞越高，那样自在无碍。孩子们欢欣雀跃，师兄们爽朗的欢笑声洒落在寂静的山谷深处。一切无垢，纤尘不染，原来生命可以如此单纯美丽。

行程 5
Journey Five

金刚窟——幸存的佛陀波利塔

此次朝圣第二日，上师带领我们朝礼的最后一个圣地是金刚窟。

金刚窟，位于五台山大白塔以北 1.5 千米处，楼观谷北侧崖畔。山窟幽深莫测，据说它与东台的那罗延窟相通，也和北台龙宫下面的白水池相通，是五台山最为神秘的一个地方。明镇澄《清凉山志》载：“金刚窟乃万圣秘宅。”诸佛菩萨的秘密坛城。

按照佛教典籍《祇桓图经》记载，文殊菩萨初来五台山时，就把三世诸佛供养之具，皆藏于窟内。三世诸佛，这里是指过去迦叶佛、现在释迦牟尼佛和未来弥勒佛。迦叶佛住世时，所造七宝乐器，金纸银书等五类法器，均由文殊菩萨收入金刚窟内。因此说，金刚窟不仅是文殊秘宅，而且也是三世诸佛的秘宅，乃万圣秘宅也。

根据佛教典籍，文殊菩萨所藏五类法宝中，任何一件都具有超乎寻常的救度众生的功德。例如：银箜篌是迦叶佛住世时所造，它有八万四千种曲调，每个曲调可以调治一种烦恼。又如文殊菩萨收入金刚窟的一口钟，据《祇桓图经》记载，其钟声有“菩萨行八圣道，断除诸烦恼”的作用。

元魏时，金刚窟建二层门楼一座，上层置六角转轮藏，下层为窟门。窟旁上坡百步建有文殊堂和普贤堂，楼东有供养院。窟后有

般若寺，传说为唐代无著和尚所建。宋时，金刚窟有文殊宅，窟前有文殊井，窟上有三千眷属围绕的等身文殊像。窟旁建太平兴国寺，寺内有文殊阁、万圣阁等。文殊阁内供五方文殊像。

1968 年，般若寺和太平兴国寺全部被毁。

今天，我们看到整个山崖都被石头和水泥垒砌的围墙所封堵。墙高约为 6~8 米。前方平地空旷，只矗立着一块很新的石碑和一座古旧的塔。我们眼前被彩色经幡所环绕的古塔，是没有在 1968 年被炸毁的唯一幸存的古建筑。新建的石碑被一只年代久远、风化严重的石龟驮着，上有“佛陀波利塔”5 个字。

据《佛顶尊胜陀罗尼经》的序文记载，唐高宗时，天竺高僧佛陀波利来五台山拜谒文殊菩萨，于金刚窟前，文殊菩萨化身为一老者告知曰：“然汉地众生多造罪业。出家之辈亦多犯戒律。唯有《佛顶尊胜陀罗尼经》能灭众生一切恶业。师可向西国取此经，将来流传汉土，即是遍奉众圣、广利群生、拯济幽冥、报诸佛恩也。”所以他返回天竺带来梵文版的《佛顶尊胜陀罗尼经》，并且和正顺等僧人一起翻译成汉文。在此经中，佛陀告诉帝释天曰：“此佛顶尊胜陀罗尼，若有人闻一经于耳，先世所造一切地狱恶业皆悉消灭。”

译经毕，圣僧可谓功德圆满。据《清凉山志》记载，此后佛顶尊胜陀罗尼咒盛行于世。佛陀波利则带着梵语版的经文再一次来到这里，见到文殊菩萨真容，遁入金刚窟后，便再也没有出来。他定是得到文殊菩萨不可思议的加持，在洞中成就了。由此殊胜缘起，于此修建了佛陀波利塔，里面安置着圣僧的衣物和他带来的梵文版《佛顶尊胜陀罗尼经》。

《清凉山志》又说：“《华严》云：华藏世界所有尘，一一尘中间法界。宝光现佛如云集，此是如来刹自在。故知金刚窟者，诚不可以圣凡境界而思议也。”

佛陀波利是梵文Buddhabala的音译，Buddha即佛陀，bala是护持的意思。在藏文里，佛陀波利就是桑吉雄，佛陀波利塔也就是桑吉雄塔。在汉文里，有时把佛陀波利译作佛护，但和印度中观应成派论师佛护不是一个人。

传说此塔幸存至今，乃因金刚窟的其他古建筑被毁之后，塔上方的天空中出现了文殊童子的身影，而几乎同时，佛陀波利塔随着一声巨响，陡然下沉入地。在场亲历这一幕的见证者，无论是否佛教徒，无一不被深深震撼。当时用黑白相机拍下来文殊童子在云端的珍贵照片，一直被供奉在金刚窟附近的一个小山洞里。

有趣的是，上师2003年初来此朝圣时，就曾在塔前拍照留念。彼时塔身被泥土掩埋，只剩下一米多高的塔顶露出地面。上师带着祥和安宁的笑容盘坐于前。

时隔9年，塔身周围的泥土已然被挖掘清理干净，完整的古塔呈现于世人面前。塔高8~10米，砖石结构，灰白色调，风格古朴大方。塔基为周正的方形，外围有新建的栏杆。塔身圆，呈流线型，细节处有简洁而精致的设计，塔顶附近筑有小窗，窗内供小佛像。

岁月乃是卓越的工匠，从泥土中挖掘出来的佛陀波利塔愈加庄严和挺拔。微风中的古塔如如不动，它仿佛在告诉我们，无论历史如何沧桑，风云如何变幻，佛法依然还在世间，必将更加兴盛。

空阔平坦的地面上，在一片石头水泥青峻的冷色调中，挂满塔身和塔基的五色哈达与经幡格外醒目，在无声地传递着温暖而慈悲的信息。

面对石墙内的金刚窟，想到千年古迹已不复存在，弟子们无不轻声叹惜。上师好像知道大家的心情，他笑着说：“*石头墙对我们影响很大，但是要想挡住布玛莫扎，我们的大圆满的祖师，是完全不可能*

2003 年神变月，希阿荣博上师第二次朝礼五台山时在金刚窟拍照留念

2012 年夏，上师再次朝礼五台山时站在当年拍照的位置

的。”上师自在无碍的笑声有一种解开弟子们心结的力量，凝重的氛围变得活跃起来，我们的愁绪也烟消云散。面对着金刚窟的方向，上师带领弟子们念诵祈祷法王如意宝的偈颂，并向大圆满传承的祖师们顶礼。

讲述金刚窟与大圆满的因缘

对于我们来讲，金刚窟的殊胜在于它和大圆满传承有着非同寻常的因缘。

上师开示，如是我闻：

“昔日布玛莫扎依止西日桑哈9年得到所有的大圆满教法，回到印度，获得了虹光身成就。布玛莫扎100岁时被赤松德赞迎请到西藏，弘扬佛法。他在西藏传法13年之后来到五台山，住在金刚窟里。对于圆满了托噶修行的大圆满祖师来讲，他们将色身转为微妙的虹光身，在利益众生的因缘未尽之前，他们一直住于其中，而不示现圆寂。不仅如此，对于他们来讲，所有诸相都已经转变为微妙光明的本性，获得究竟的自在而不受身形、时间或空间等虚幻的诸相的束缚。

“不清净的凡夫当然不会见到虹光身，他们什么也看不到或者看到这些大成就者‘随众生心，应所知量’的种种显现。也就是说，大成就者们根据有缘众生不同的业缘和根境意乐，从而示现不同的化身。凡夫看到和自己的心灵的特质相适应的身相形色，从而获得不可思议的加持与利益。所以，大成就者示现种种不同化身，只是为了利益有缘众生的需要，并不是因为其本身的概念、情绪和行为的业力与串习。

“莲花生大士来到西藏时已经1000多岁，赤松德赞国王颇费了一番功夫才相信莲师是住于虹光身。那时候，在莲师的坚持下，国王拳击莲师三次，每次却都无法触及他的身体而是打在他的法座上面。

“莲花生大士如今仍然住在凡夫不可见的化身刹土桑东巴瑞，住于任运持明的果位。他将永远都不圆寂。布玛莫扎则在贤劫千佛成佛之后示现圆寂。在他示现圆寂之前，布玛莫扎的虹光身就一直住在这里，每隔100年化身去西藏一次，在佛法衰微之际维系和弘扬大圆满法门。无垢光尊者是布玛莫扎的化身，堪布阿琼仁波切也是布玛莫扎的化身。

“在末劫年代，大圆满的加持力不可思议。很多显宗以隐蔽的方式宣说的道理，在大圆满中都有非常直接的说明，依靠它而修行，自然就非常直接快速。即便是在凡夫位，依靠大圆满窍诀，也能对心性本来面目生起定解。

“我们深深地感念大圆满传承祖师们的恩德。如果我们懂得大圆满法的殊胜难得和祖师们为弘扬此法门而承担的一切，就不难对大圆满法和传承上师生起无上的信心。在这里，大家要好好发菩提心，发愿为利益众生而修持大圆满这样无上甚深微妙的法门，今生成就佛果。”

在距离金刚窟最近的地方，上师坐了下来，为弟子们念诵《大圆满基道果无别发愿文》的传承。虔敬的弟子们轻轻地跪在师父前面，双手合十。这时候天地之间的一切安静极了，任一阵微风吹拂、一片树叶飘落、一泓清溪蜿蜒、一只小鸟飞过，我们仿佛都能够听到它们的声音，感受到它们的欢愉。伴着落日余晖，舒展的云彩也放慢了节奏，从塔顶不断地缓缓滑过。弟子们的心灵在师父的加持下是那么宁静、和谐与美好，一切都那么吉祥，似乎预示着我们一定可以追随上师的脚步，最终能够成就义正等觉，获得究竟离障胜果位。此发愿文非常殊胜，彻却和托噶都包括在其中，仅闻一定得解脱，为麦彭仁波切所撰著。法王如意宝访问不丹时，顶果钦哲仁波切曾经祈请法王写一篇关于此发愿文的解释。有一天法王在讲课的时候，突然让侍者拿笔，他老人家从境界中流露出来《大圆满基道果无别发愿文》解释的科判。但是很遗憾除了这个科判外，法王没有能够完成其他内容就圆寂了。根登群培仁波切圆寂时念诵的也是这篇发愿文。在此发愿文的最后，麦彭仁波切写道：“仅闻亦定得加持，金刚持赞殊胜道；思维此理何须说，法性谛力速解脱。有勤因乘难调时，续云普贤教出世，圣言所赞精藏教，愿彼周遍诸世间。”

传承之后，上师让弟子们慢慢念诵汉文版的《文殊大圆满基道果无别发愿文》，以便更好地领悟大圆满的意趣。念诵声中，上师把金黄色的哈达挂在金刚窟洞口的石头墙上，把白色的哈达系在佛陀波利塔基座周围的栏杆上。塔前跑过来一个五六岁的小女孩，上师让她在塔前顶礼，她便郑重其事地依教奉行，上师碰碰她的头，微笑着伸出了大拇指。

“丹波道博丹巴夏吉嘉，涅沃色界班哲杰迸宙，帕白希求德么囊若德，永夏希阿荣博索瓦得……”

“嗡格热湛嘉巴扎色德啊吽……”

供灯开始了，弟子们围绕在塔的四周，唱诵起上师的祈祷文和心咒。在悠扬的唱诵声里，大家燃起了一盏又一盏的酥油灯。在佛陀波利塔背后，一位出家师父用酥油灯排列成藏文“阿”字，橙黄色的光芒闪闪烁烁，甚是好看。

典故：布玛莫扎祖师

根据《大圆满龙钦宁提传承祖师传》，布玛莫扎祖师生于西天竺大象林城，精通小乘和大乘，是住在菩提伽耶的五百班智达之一。

布玛莫扎和嘉纳思扎两位祖师有一次来到菩提迦叶以西一处鲜花盛开芳香怡人的湿地。此时金刚萨埵现身于虚空中对他们说：“善男子，你们曾五百世转生为班智达，但至今尚未证得无上果位，如此继续下去将来也不会成佛。如果你们想于此生即证得将此垢染的肉身消融的正等觉，就去汉地清凉尸林。”

金刚萨埵指示两位祖师所去的地方，根据敦珠法王所著《藏传佛教史》，是“菩提寺”或者“菩提树旁的寺院”；根据无垢光尊者的著作，是汉地的清凉尸林。而汉地的清凉尸林，根据法王如意宝的授记，就是位于五台山上善财洞旁边的尸陀林。

布玛莫扎听后立刻动身前往汉地五台山。在五台山的善财洞里，他找到西日桑哈祖师并依止他 20 年。在此期间，他得到了阿底瑜伽窍诀部外、内、密三类法门的传授。但祖师没有授予他经函法本。

布玛莫扎祖师很开心地返回了天竺，向嘉纳思扎祖师讲述了自己在五台山依止上师求法和修行的过程。于是嘉纳思扎祖师又到五台山，追随西日桑哈祖师得到了窍诀的所有四类法门，并且被授予经函法本。西日桑哈祖师在证得虹身成就、示现圆寂时给嘉纳思扎留下了遗教。

在自己的上师离开之后，嘉纳思扎祖师返回天竺，住在巴森尸林，给诸空行母传法。这时候布玛莫扎祖师在塔琼尸林修习密法。一天他骑着一头蓝色的大象，袒露着右臂，打着吉祥伞盖，在尸林里悠然行走。空行母华给罗珠现身虚空中，对他说道："善男子，如果你想得到比以往更深的窍诀，就到巴森尸林去吧。"

布玛莫扎祖师马上去了巴森尸林，在那里他见到了嘉纳思扎祖师并虔敬地向他求法。嘉纳思扎祖师从自己的眉间白毫放射出一束光芒，遍布了虚空，光中现出报身佛刹。布玛莫扎祖师瞬间对他生起不可动摇的信心。嘉纳思扎祖师立刻为他传授了广灌顶，布玛莫扎祖师的眉间从此也长出了和嘉纳思扎祖师一模一样的白毫。布玛莫扎祖师还得到了窍诀部前三类法门的经函与甚深窍诀。

一年之后，嘉纳思扎祖师为布玛莫扎传授无戏灌顶，这时候从布玛莫扎全身的每一个毛孔中都冒出蒸气。祖师同时也把极密类心滴法门的经函法本授予了他。

此后，布玛莫扎祖师在山顶修习了6个月的前行之后，嘉纳思扎祖师为他传授了极无戏灌顶和窍诀。他于是获得了不共的悉地，鼻尖上出现“阿”字，这个字仿佛正要从鼻尖上掉下来似的。又过了6个月，布玛莫扎被授予完整的最极无戏灌顶，随即证悟了没有造作的心性。布玛莫扎在嘉纳思扎祖师身边度过了14个春秋，圆满了自己的宁提证悟。

当嘉纳思扎祖师进入涅槃、色身消融的时候，布玛莫扎祖师虔诚地向他祈祷。于是在虚空中的一片虹光之中显现了嘉纳思扎祖师的前臂，他将一个五宝严饰的箧子放在布玛莫扎祖师掌中。从宝箧中布玛莫扎看到嘉纳思扎祖师的遗教《四安住法》，在此一刹那间他获得了与上师同等的证悟。

其后的20年间，祖师住在天竺东部的一个竹棚里，作为国王哈瑞巴扎（狮贤）的国师。他又去了天竺西部的比尔雅城帮助另外一位国王达摩巴拉（法护）以使他能够积累资粮和福德。

之后的7年里，他在离比尔雅城不远的普日阿巴斯嘎日阿神秘大尸林，与数量众多的空行母一起修持心滴法门。祖师以不同的身相和方便修持密宗禁行，他给难以计数的弟子们传了法。他证悟了明智如量相——大圆满托噶四相中的第三相。其后证得了大迁转虹身，并带领三千人一同证悟正等正觉。随后以不同的化现继续留在尸林13年。

此间，祖师亲自抄写了3份心滴法门的经函法本。他将其中一份伏藏于西天竺乌迪亚那海中的金沙覆地的岛上；将另一份伏藏于克什米尔苏瓦纳德的山洞里；最后一份则保存在普日阿巴斯嘎日阿尸林作为诸空行母恭敬供养的对境。布玛莫扎祖师还7次在净相中现量亲见极喜金刚并直接从他那里得到了窍诀的传授。

那时的西藏国王赤松德赞，刚刚在西藏树立起佛法的法幢。一位来自西藏酿氏家族的大师定增桑波可以入定达7年之久，他观察到印度瑟迦城有五百位殊胜的班智达国师。于是赤松德赞国王派遣嘎娃华泽和却若鲁伊嘉参两位大译师，带上很多黄金和信函来到小因扎菩提国王处，请求他道："请从您的500位班智达国师中派一位密宗大师来西藏弘扬佛法。"其时布玛莫扎祖师已经证得了大迁转虹身并是国王的五百国师之一。国王和他的班智达们同意布玛莫扎祖师去西藏。

这时布玛莫扎祖师正好100岁，他也感知到去西藏的机缘成熟了，所以接受了这个邀请。于是由地藏大师担任侍者陪同，祖师带着心滴法门的经函法本去了西藏。他们离开以后，天竺有很多人梦到印度之日隐没于西藏，同时星相恶兆纷呈，长有花果的树木向西藏方向弯曲，尸林空行母现嫉妒相。鉴于这些征兆，天竺人意识到甚深密法已经从他们指缝之间泄漏出去了。于是他们决定派懂快步法的信使在山谷隘口、城镇十字路口张贴告示说："两位西藏僧人请走了一位天竺黑教巫师要去毁灭西藏。"因此，当布玛莫扎祖师抵达桑耶时，西藏人对他存有很大的疑虑。当布玛莫扎祖师向一尊毗卢遮那佛像顶礼时，佛像在他面前瓦解为一堆齑粉，在祖师的加持下，瞬间佛像又复原了，且比以前更加金碧辉煌。于是西藏人慢慢地对布玛莫扎祖师生起信心，他也开始逐渐给西藏人传授佛法。

有一天，他在给弟子们传授经部法门，中间休息了一会儿，返回经堂后，他发现在自己的法座上有一张纸条。上面写着："凭借声闻乘犹如婴儿一样稚嫩的佛法岂能证得佛果？声闻乘和金刚乘的距离岂能用大乌鸦的脚步丈量？"

那个时候毗卢遮那正被流放到一个叫嘉绒的地方，即现在马尔康附近。嘉绒国王、诸大臣和民众都被他度化为佛弟子。毗卢遮那是大圆满成就者和传承祖师，莲师最重要的弟子之一，也是藏传佛教历史上最出色的译师之一。他翻译了很多密续经函，对宁玛的弘扬与传播起着不可替代的作用。根登群培曾盛赞毗卢遮那译经的造诣，其他译师不能望其项背。

纸条的作者正是嘉绒国的王子，毗卢遮那大译师的上首弟子和传承持有者——玉扎宁波。后来玉扎宁波以他非凡的大圆满的证悟竟成就虹光身，成为西藏大圆满心部和界部法门最伟大的上师之一。以至于有这样的说法，毗卢遮那会被流放是因为他注定会去能够遇见玉扎宁波的地方。

玉扎宁波对大圆满传承的另一个贡献是他来到桑耶拜见布玛莫扎祖师。由于他留下的纸条和祈请，布玛莫扎祖师才开始传讲阿底瑜伽的法门。如果没有这个缘起，很难讲《布玛宁提》是否能够传承下来。同时在布玛莫扎祖师的请求下，赤松德赞国王邀请毗卢遮那重返西藏。

据说布玛莫扎祖师和玉扎宁波进行了认真的比较，发现他们各自的教证法门等同无异。于是他们花了10年的时间和译师们一起翻译佛典。他们共同翻译了大圆满心部《后译十三部》密续，而毗卢遮那大译师那时已经翻译了18部心部密续中的《前译五续》。

布玛莫扎祖师还与嘉纳固玛日阿一起，翻译了《幻化网秘密藏续》等玛哈瑜伽部密续，阿底瑜伽心部和界部的一些窍诀法本以及阿底瑜伽窍诀部的外、内、密三类法门的根本续和窍诀续。

最为重要的是，布玛莫扎祖师还以最为严格保密的方式，组织了窍诀部极密类法门——心滴法门的相关法本的翻译工作。这个法门只在布玛莫扎祖师、赤松德赞国王和酿氏之间秘密传授。由布玛莫扎祖师带入西藏的心滴法门被称为《布玛宁提》。布玛莫扎祖师没有找到其他弟子可以托付极密类法门的经函法本，于是将藏文译本伏藏于青朴桑耶寺附近的扎马格贡。

在西藏传法译经 13 年之后，布玛莫扎祖师完成了自己作为一代大圆满传承祖师应尽之责，动身赴汉地的五台山。那时祖师已经圆满了托噶的修行，证得了大迁转虹身。只要佛陀正法还在世间，他将一直以虹光身住在五台山的金刚窟里，实现自己曾经发下的宏愿。每隔 100 年布玛莫扎祖师就会在西藏化现一次，在佛法尚存之际维系和弘扬大圆满心滴法门。当佛法从这个世间消失时，布玛莫扎祖师将在菩提伽耶融入法界，示现圆寂。

如果朝圣者足够清净，则一定可以在五台山见到布玛莫扎祖师本人。曾经有很多在五台山见到他并从他那里得到法要的例子。其中一则小故事说，一位仁波切与众弟子到五台山朝圣，当弟子们在转绕时，他们远远地看到一个汉人鞋匠坐在小路旁一块岩石上面，他们的上师恭敬地坐在鞋匠面前。鞋匠毫不犹豫地把他正在缝制的鞋子放在仁波切的头顶上，并让他喝下放在自己身边的污水。弟子们都感到震惊甚至羞愧，因为许多朝圣者在围观和嘲笑他们的上师。于是弟子们慌忙赶到那块岩石处，却找不见鞋匠的踪迹。其实弟子们眼里的鞋匠就是布玛莫扎祖师本人。除非是一位有净观的成就者，否则最多能见到布玛莫扎祖师是一只鸟、一弯彩虹、一阵微风或者是普通得不能再普通的凡夫俗子。

布玛莫扎祖师离开西藏 55 年之后，酿氏在乌茹省的止贡山谷修建了夏寺。在这个寺院里他伏藏了窍诀部前三类法门的《讲授续部》经函法本，以及一些属于口耳传承和极密类法门的经函法本。酿氏把口耳传承的词句传给了卓仁钦巴。最后，酿氏也将自己的色身融入了虹光身。

附录 1：末法时代与大圆满法门

大圆满法的殊胜超越了语言。在金刚窟前，上师做了诸多有关大圆满的开示。整理如下：

众生的根机千差万别，佛陀慈悲智慧，应机施教，针对不同的根器，宣讲了不同的度化众生的方法。按照宁玛观点，把所有的佛法，小乘、大乘和金刚乘进一步分成九乘。三经续因乘：声闻乘、缘觉乘、菩萨乘；六密续果乘：外密包括事部、行部、瑜伽部；内密包括玛哈瑜伽、阿努瑜伽和阿底瑜伽。阿底瑜伽即是大圆满。大圆满法是佛法九乘之巅。

在末法时代，大圆满法门具有殊胜的加持力，对无量的众生来讲，大圆满是不可缺少的重要法门。法王如意宝曾说："我们应在一辈子中不断修行，但修行一定要抓住重点：在显宗是净土，在密宗是直接断除三有根本的大圆满。如果有谁轻易舍弃，那他就是没有智慧的人。"

按照续部的观点，时劫可分四个阶段：圆满时、三分时、二分时、具诤时。在圆满时，任何众生都没有现行烦恼，可以事部调化；到三分时，众生的现行烦恼稍有兴起，出现了淫、盗，可以行部调化；到二分时，众生的烦恼更加明显，可以瑜伽部调化；到了具诤时，五浊极为炽盛，此时唯有以无上瑜伽方能调伏。

依据佛经典籍，五浊是劫浊、见浊、烦恼浊、众生浊和命浊 5 种末法时代的现象。

劫浊：因末法时代众生共业牵引，各种自然灾害频发；

见浊：末法时代的众生，知见不正，邪见增盛；

烦恼浊：末法时代的众生烦恼极重而增长；

众生浊：末法时代的众生因为缺乏正见而不懂修善去恶，不畏因果，以致福报渐衰，苦果日增；

命浊：末法时代众生寿命减短。

我们现在所处的时代，正是佛陀所说的末法时代，以上5种现象举目皆是，皆因众生之不善共业所致。这个时代的众生用其他方法已经很难调伏，只有大圆满法门最为有效。

《应成续》《诸天会集续》等续部云："唯大圆满法，堪可调化浊时众生。"莲花生大士也说过："五浊越炽盛，大圆满的加持力越强。"全知麦彭仁波切在《文殊大圆满基道果无别发愿文》中写道："大圆满法仅仅听闻也必定能解脱。续部有云：在有勤因乘难以调伏众生的时期，大圆满法将广弘于世，普度有缘众生。"

末法时期众生的烦恼业力不可思议，大圆满的加持力同样不可思议。莫说得到大圆满的灌顶和引导，或者听闻大圆满法，哪怕仅仅听到大圆满的名号，此人也必将于人寿10岁时得到吉祥智慧空行母的度化，在生、死及中阴三时段中的任何时段获得解脱。这在《阿底大庄严续》中有明确的开示。所以大家应该对大圆满法门生起无上的信心。

值遇大圆满，对大圆满生起信心当然是福报深厚、宿有善根，但这并不能说明你是"上根利智"，不用闻思、不用费劲就能成就。我们今生能值遇大圆满法，应该感激的是大圆满历代传承祖师以及大圆满法系内无数的成就者、修行者。没有他们的悲心和努力，大圆满的法脉不可能如黄金山脉般延续至今。

《释迦牟尼佛广传——白莲花论》中有这样一则故事：释迦牟尼

佛在因地时曾为一国国君，境内普降粮食雨、珍宝雨，几日不停。国民都说："我们的福报真大！"国君说道："不是你们的福德，这一切都是因为我一个人的福德力啊！"

大圆满传承的上师们默默承担起常人无法想象的巨大障难，不惜牺牲自己，以帮助更多众生接触到大圆满法。在末法时期，像法王如意宝这样的祖师大德，出于对众生无量的悲心，在较广大范围内传讲过去只在小范围秘密传授的大圆满法，使得我们有机会值遇此殊胜法门。

在末法时代，众生的烦恼有多重，苦难有多重，大圆满传承上师们的负担就有多重。

法王如意宝曾经说：他十几岁便证悟了大圆满，从小他就相信自己一定能获得虹身成就，甚至像莲师那样不舍肉身直接去往清净刹土。对此他一直确信不疑。后来他在各地广弘无上大圆满法，摄受了为数众多的弟子进入大圆满坛城，其中一些人破了密乘戒，并且存心制造违缘阻碍上师弘法利生事业的顺利开展。由此原因，他示现圆寂时有可能不会虹化，但他绝不后悔，若能让更多众生获得大圆满法的利益，他即使不虹化也没有关系。法王如意宝还说："我圆寂后，肉身可能不会化光、缩小，也许反而会增大，如果是这样，你们也不必害怕，我不会给你们造成任何伤害。我的慈悲心、菩提心与生俱来、无有造作，不管在什么情况下，我都不会伤害众生哪怕一根毫毛。不论我最后怎样示现，都希望大家不要心生疑惑，不要毁谤上师，更不要丧失对大圆满法的信心！"

尽管有破戒弟子带来的严重干扰，法王如意宝示现圆寂时仍然呈现出虹身成就的种种瑞相，肉身缩小，虹光漫天……并且法王给我们留下至为殊胜稀有的金刚舍利，让我们再次见证了大圆满法的不可思议和圣者福德力的广大无边。

以前，法王如意宝常常说：每当他想到自己有幸出生在佛法兴盛的雪域西藏，有幸入于前译宁玛巴持明传承之教下，并从上师那里听闻到大圆满法，自己能思维大圆满的法义，能真正修持大圆满法，他真是开心极了。有时候晚上躺在床上想：不说别的，仅仅是每天能把大圆满的法本带在身边，自己都一定是清净了无数的业障、积累了巨大的资粮才能这样。想到自己的福报，他高兴得简直要从床上跳起来。

法王如意宝在世时一直提醒我们珍惜跟随上师学法的机会，他说："等我不在了，你们再想求大圆满窍诀，很难呐。末法时期，有些人会讲法，自己却没有多少修证；有修证的又往往不能按照见、修、行、果的次第为弟子完整传讲大圆满法；有的人既没有证悟境界，也没有能力传讲续部教言，却喜欢信口开河、四处传法。真正有修证，能讲大圆满密续、又能讲窍诀的上师，就像白天的星星一样稀少。"

我很幸运，今生能成为法王如意宝和诸多具德上师的弟子。如果不是凭借上师们深厚的悲心和福德，末法时期如我这般福报浅薄的众生，不可能接触到大圆满法的光明。现在，仍有许多高僧大德住在世间，不遗余力地弘扬大圆满法。他们是这个世间的庄严，是众生的依怙。

在金刚窟前，上师的开示充满了对布玛莫扎祖师乃至所有大圆满传承祖师的感念。弟子们无不对大圆满传承祖师、对大圆满法生起了无上的信心，再一次发愿追随上师，为利益众生修行大圆满法门，圆满无上菩提。落日西斜，余晖在天地间铺洒，上师一行于旖旎的晚霞中圆满了第二天的行程。

附录 2：龙钦宁提法系

上师在《前行笔记》中对龙钦宁提法系的形成作过较为完整详细

的阐述，这里部分引述：

法王如意宝当年在传讲无垢光尊者所著《上师心滴》时曾说，他传给我们的大圆满法，意传来自全知麦彭仁波切，而麦彭仁波切的意传则是来自全知无垢光尊者。接着，法王如意宝又说，他自己也有直接来自无垢光尊者的意传，所以大家应当对这一带着传承祖师温热气息、如金线般纯净无垢、无断无染的近传承心生欢喜、珍惜和感激。

大圆满续部有多达六百四十万续，归纳起来，有心部、界部、窍诀部。窍诀部又有外、内、密、无上极密类。其中，无上极密续集外、内、密续之大成，完整、详细阐述了本基的实相、道（见修行）、果（究竟解脱）的道理。无上极密有十七续，加上《密咒护法愤怒续》，一共十八续。生活在14世纪的大圆满传承祖师全知无垢光尊者分别从广大和甚深两个方面对这十八部续的密意进行了归纳和诠释。其中，广大班智达类是《龙钦七宝藏》，甚深革萨里类是《四心滴》。

宁提（心滴）法系有两支主要传承：布玛莫扎尊者的心滴传承和莲花生大士的心滴传承。无垢光尊者在上师前获得这两个传承的口传，后在定境中亲见莲花生大士和布玛莫扎尊者，得其传承和咐嘱，编纂、撰写了《四心滴》，共有五函，分别为：一、《布玛心滴》，布玛莫扎尊者所传；二、《空行心滴》，莲花生大士所传；三、《上师心滴》，是无垢光尊者为《布玛心滴》作的广释；四、《空行精滴》，是无垢光尊者为《空行心滴》作的广释；五、《甚深心滴》，是无垢光尊者总摄以上四函的内容而著的教言。因第五函的内容以前四函为根本，故通常将这五函共称为《四心滴》。

到18世纪，大圆满传承历史上又一位集大成者——晋美林巴尊者（持明无畏洲）出兴于世。他对全知无垢光尊者怀有极大的信心，在桑耶青朴进行 3 年 3 个月零 3 天的闭关时，于禅定中 3 次见到无垢光尊者并得到其身、语、意的加持，从而获得了大圆满的最高证悟。全知无垢光尊者相续中的宁提密续在晋美林巴尊者相续中完整显现。他造了一系列论著开显《龙钦七宝藏》的真义。

晋美林巴尊者是布玛莫扎尊者和法王赤松德赞的双入化身，而法王赤松德赞曾在莲花生大士和布玛莫扎尊者前得到宁提传承。这样，晋美林巴尊者一身融汇了宁提法系的两大传承，并且得到全知无垢光尊者的意传加持。

当年莲师在桑耶寺给法王赤松德赞等弟子传了《龙钦宁提》法，并由益西措嘉空行母将此法伏藏于诸弟子的本觉智慧中。莲师给予授记灌顶，预言这些法要将由法王赤松德赞的转世晋美林巴尊者发掘。900 多年后，莲师的授记灌顶成熟以及善妙因缘具足，晋美林巴尊者在其光明心性中开启出直接来自于法身普贤王如来和莲师的意伏藏法——《龙钦宁提》。《龙钦宁提》集合了布玛心滴与空行心滴两支传承的精华，包括若干本续、附续及众多窍诀、仪轨和引导，由晋美林巴尊者逐一开启，并逐步写成书面经函。

龙钦宁提源自普贤王如来，通过如来密意传、持明表示传和补特迦罗耳传的方式，经由历代传承祖师至晋美林巴尊者，始完整构建起龙钦宁提法系。

这一法系称为龙钦宁提，主要有三个原因：其一，此法是大圆满窍诀部无上极密类法门，乃诸法心髓；晋美林巴尊者在禅定中亲见无垢光尊者（龙钦绕降），得到大全知的加持和启发，才把伏藏法完整开启出来。其二，此法汇集了无垢光尊者传下来、以《四心滴》和《龙钦七宝藏》等为核心的宁提法系的精髓。其三，龙钦意为无所不包，宁提意为心髓。此法系既广大甚深，又浓缩了所有法门的精华，诚如晋美林巴尊者所说“此即广大界此即是心髓”。

上师转绕位于中台台顶的太华池。西方极乐世界有七宝池和八功德水，太华池好比是文殊刹土的七宝池之一

第三天

藏历水龙年五月十五日
阳历二〇一二年七月三日
阿弥陀佛节日
南台　普济寺　中台　演教寺
西台　对谈石　八功德水　法雷寺

旅游小贴士

南台（锦绣峰）

南台位于台怀镇南 12 千米，海拔 2485 米，面积 200 余亩。台顶像倒立的藻瓶，周围 1 里，细花杂草布满了整个山峦，犹如铺上了绿色的地毯。这里有罕见的“金莲”、“日菊”和名贵的“银盘蘑菇”。每年芒种过后，盛夏来临，骡马牛羊聚集山上，牧民们的歌声回荡在山谷中，动人心弦。

普济寺

普济寺位于南台顶，寺内供智慧文殊。隋文帝时始建，宋代重建时名为普济寺，从古至今是东北三省及京津冀来五台山拜佛的必经之地，故被称为五台山南门。普济寺历史上名家云集，高僧辈出，至今保留着年代极为久远的石佛殿。

中台（翠岩峰）

位于台怀镇西北 10 千米处，海拔 2894 米。是东南西北四座台顶的中心，是其余四座台的发脉之祖，也是诸多河流的发源之地。其上建有演教寺，主供儒童文殊菩萨。演教寺西南百米处，是文殊菩萨于五台山说法演教的地方之一，建有汉白玉质地的文殊说法台。

西台（挂月峰）

西台位于台怀镇西 13 千米，海拔 2773 米，台顶平如掌，面积 300 余亩。挂月峰的形状，远望犹如一只翩翩起舞的开屏孔雀。每当明月高照，山泉潺潺，颇有诗情画意的境界，月坠峰巅之际，恰如悬镜。在西台顶上赏月，别具一格。

对谈石（八功德水）

西台挂月峰下北三里，有天然泉水，被称为“八功德水”。附近更有二石耸出，高达三丈，顶平而光洁，形如茶几，名为“对谈石”。

法雷寺

“法”是指佛教的教理教义；“法雷”喻佛法如雷，能使众生觉醒。法雷寺始建于隋代，位于五台山西台顶，寺后文殊塔内供文殊狮子像。在法雷寺东北还矗立着一座白色石砌舍利塔。

南台（锦绣峰）

普济寺

西台（挂月峰）

对谈石

法雷寺

中台（翠岩峰）

大雄寶殿

行程 6
Journey Six

南台——锦绣峰“灵境寂寞”

南台锦绣峰，又名仙华山，位于台怀镇南12.5千米处，海拔2485米，台顶周长1千米。五台山的东、北、中、西四台连襟而立，唯南台独立耸峙，决然挺拔，所以《古清凉传》上称它“灵境寂寞”。《清凉山志》云：“山峰耸峭，烟光凝翠，细草杂花，千峦弥布，犹铺锦然，故以名矣。”

南台的春夏秋三季均风姿秀美，随处可见瑶草香花。早春四月，清冽高寒的五台台顶依然白雪皑皑。然而在锦绣峰山腰间，灰黄色的枯草已经开始变成淡绿，像一幅水彩画在妙笔之下随性晕染，映衬在青黛色的山崖上。鹅黄明丽的迎春花最先带来了万物复苏的消息，映山红、紫薇、胡枝子则扶着山石在低处蔓延。它们与山底的桃杏花、杨柳芽一起，装点着自己的季节。

至农历六七月，艳阳高照，碧草连天。五彩烂漫的山花点缀在郁郁青青的小草间。白色的蒲公英、绛紫色的灯笼花、浅蓝色的星星花、金黄色的金莲花等共同编织成漂亮的地毯，覆盖着山岭的每一个角落，散发着特有的沁人清甜。秋天的南台则是各色山菊花的世界。还有收集了满山的晨露和溪水而形成的长峡与飞瀑。

一定是因为文殊菩萨要利益众生的愿力，南台不仅山花烂漫，而且草药遍地，可谓宝地。

明朝儒士陈继儒曾说：“闭门阅佛书，开门接佳客，出门寻山水，此人生三乐。”如今我们循着上师的足印礼谒文殊师利菩萨，悠游于天地山水间，又有道友相伴左右，这是怎样的开心的事情！然而，弟子们一生之中，在上师身边的日子太少了。因而朝圣的每时每刻都很珍贵，点点滴滴都将留在我们的记忆里，给生命的历程带来不竭的暖意。无从知晓这样的机会一生之中能否还有第二次。

朝圣第三天的路线图是南台、中台、八功德水、对谈石和西台。清晨的雾霭还未散尽，草叶上的露珠还未滑落，我们就出发了。那时我们还不知道，在这一天里，文殊菩萨会呈现很多不可思议的瑞相。佛经上说，怀着虔诚的心来五台山朝圣，就一定可以见到文殊菩萨。

晨光熹微中我们一路驶来，在蜿蜒的山路上前行。路面多是碎石，车轮卷起尘土，在薄薄的晨雾中飞扬。正是仲夏时节，山野绿草如茵如织。在接近峰顶时，常看到白色佛塔，它们优美的姿态象征着佛法的兴盛，总让人悄然动容。南台的空灵静谧中隐隐有一种高古寂寞的气象，犹如一位圣者已经解脱了世间所有的束缚，绝世而独立。

普济寺传承修法仪轨

南台顶上建有石头砌成的寺庙一处，称普济寺。普济寺为隋文帝诏令修建，明成化年间重修。它和北台的寺庙相比，显得更加古朴。

寺门不是很高，上师进去的时候需要稍稍弯腰。站在形状各异的青石板铺砌的地面上，上师用藏语给同行的僧众大致介绍了一下南台，然后招呼弟子们一起来到文殊殿。殿内供奉着智慧文殊，殿前有文殊画像碑。

文殊殿的一位出家人热情地告诉上师说，后殿三间为石碹窑洞，称为古文殊洞，因为那里供奉着南台最为古老的智慧文殊像，应是宋元时期的遗物。

大殿里，上师带领弟子们顶礼智慧文殊菩萨。在《大自在祈祷文》的唱诵声中，一行人来到了古文殊洞。老窑洞没有窗子，洞内清凉，光线很暗，仅有的光亮来自点点微明的酥油灯，映在古文殊菩萨像的红衣上。这一尊石雕的文殊像色泽古旧，仪态庄严。

上师供养顶礼毕，来到古刹大殿之间的空地上。这块儿空地的大小刚好够让我们一行共五六十人围坐其间，不留空隙，但也不觉拥挤。阳光灿烂温暖，地面清凉，时而可见从石缝中长出来的嫩绿小草，它们无声无息，微不足道，却毫无造作，悠然自在，泄露了这灵境寂寞里氤氲的盎然生机。

在殿堂入口处几级石砌的台阶上，铺设一个坐垫，就成了上师的法座。上师轻轻地坐下来，绛红色的衣服和身后朱红色的门墙相映，十分欢喜和谐。两只精巧的汉白玉小狮子一左一右立于上师旁边，它们脖子上系着黄色和红色的哈达，在阳光下煞是好看。两只小狮子的样子看上去有点儿顽皮，像是在高处低头凝视着上师的弟子们，又像是在守护着师父，可爱又吉祥。

空地的上方挂着五色的经幡，从一端的屋檐瓦砾接到另一端的院落高墙，在弟子们的上方随风轻轻舞动。偶尔抬头观看，会看到五彩的经幡掩映着四周红墙圈起的那一方湛蓝穹空，恍然如梦。

在八吉祥伞下，上师拿着不久前刚刚印刷出来的《显密念诵集》第一册，慈悲地给弟子们开示道：

南台普济寺，希阿荣博上师在大殿前的台阶上为弟子们传承白文殊修法

“今天是阿弥陀佛节日，特别殊胜的日子。在这一天行持善业，可以和阿弥陀佛结下殊胜的因缘，这种因缘能为我们将来的往生遣除很多障碍。我们从东台、北台来到了南台，南台供奉的是智慧文殊菩萨。最古老的智慧文殊像如今还在古文殊洞里。大家在这里一定要好好发愿。

“智慧文殊就是白文殊，今天我给大家传承麦彭仁波切所造《阿字修法仪轨》，也就是白文殊的修法。这个修法非常殊胜。以前没有翻译过来，这次我们在做《显密念诵集》时翻译了。仪轨虽短却很有加持力。法王如意宝曾在光明梦境中见到麦彭仁波切，并于梦中从麦彭仁波切处得到‘阿’字修法的灌顶。法王给根基相应的弟子传授了这个法门。所以‘阿’字修法的传承极为清净，属于大圆满法。所有的佛菩萨的心咒都是从‘阿’字来的，如果‘阿’字能够修成，所有的心咒就都可以修成。几乎所有的法王如意宝的弟子都念了一亿遍‘阿’字。《念诵集》中白文殊的唐卡非常漂亮。”（说着，上师把《念诵集》中的白文殊像展示给弟子们看。）

上师念传承的声音委婉低沉，很有穿透力，行云流水般流淌进弟子们心里。偶有小狗的叫声，但是在上师的加持下弟子们的心恬静安详，像是佛前的一炷清香，轻盈地上升、扩散开来，淡淡地融入虚空中。

传承完毕，上师回忆起法王如意宝，他接着开示道：

“古往今来的很多高僧，像萨迦班智达、龙钦巴尊者包括法王如意宝都对文殊菩萨和五台山有极大的信心。在一生中能来五台山朝圣是他们最大的心愿。

“以三世十方诸佛菩萨为对境供养七宝，并守持清净戒律的功德很大，仍不如对文殊菩萨生起信心并朝着五台山的方向走七步的功德大。佛经中说，向寂静处走七步都有不可思议的功德。《净辩经》云：‘倘若朝此四圣地，五无间罪亦净除。’四圣地指佛祖的出生地、成道地、转法轮地和涅槃地。同样，朝拜五台山也有同样不可思议的清净业障的功德。

“五台山是没有争议的真正的人间佛菩萨净土，将来你们可以常常来这里修行，非常殊胜。修行使我们人生变得有意义，然而人的一生中没有多少修行的时间，朝着五台山走七步都有很大的功德，何况我们到了这里，所以在这里应该护持好自己的心念，精进修行。接下来，我给你们传承《阿弥陀佛修法仪轨》。”

寺东有一石砌宝塔，为普贤舍利塔。文殊洞后则是一尊白色佛塔，站在塔下俯瞰南台，静寂的峰顶，竟然蕴藏着无限的生机。高山草甸上，恣意开放的金莲花在阳光下波浪起伏，金黄一片，间或有星星点点、随风摇曳的紫色和粉红色的小花，让人想起金代诗人元好问的诗句："沉沉龙穴贮云烟，百草千花雨露偏；佛土休将人境比，谁家随步得金莲。"在上师的加持下，带着一颗安静慈悲的心，美丽的景色、拂面的微风和小鸟的鸣叫好像和以往有些不同，少了些固有与真实，仿佛是幻化在眼前。一切源于上师，就像阳光源于太阳，一切都是上师的化现。

行程 7
Journey Seven

中台——翠岩峰上太华池

中台翠岩峰，位于台怀镇西北 10 千米处，海拔 2894 米。从南台到中台的路有些远，有一段，山路崎岖，行车颠簸，上师却展开一本藏文版的《五台山历史》，静静地读起来，仿佛身外无物。朝圣途中，利用闲暇，上师依然在思考和撰写《前行笔记》。

我们来到一个岔路口，为了等候后面的弟子，上师也从车上走下来，回头望着来时的路。碧蓝的苍穹之下，山路蜿蜒地分布在山岭间，不知其所起，亦不见所终。由于中台、西台和北台紧密相连，它们之间形成缓慢起伏的山坡，其间孕育了众多甘泉与池塘，润泽了山石与黄土，使得海拔 2400 米以上的高山草甸异常美丽。 紫色、黄色、白色的小花散落在绿草之间，漫山遍野。夏秋之际随处可见牛羊，好像白色黑色的音符跳动在草地上。根据地质学家的研究，这里的高山草甸生长了上亿年的时间。草枯又绿，花谢又开，流转在无尽时光的五台山的高山草甸，映衬在蓝天白云下，像极了色达的草原。

上师曾做过一个叫作《恩德》的视频，其中讲到在喇荣五明佛学院，一年当中四众弟子的闻思修行从不间断。而只有在藏历五月间，当漫天碧绿的草原上开满了红色、紫色、黄色和白色的野花，大家会来到学院旁边的草地上耍坝子（藏地风俗）。视频中有一段法王的珍贵录像，那是 2000 年和四众弟子们一起耍坝子时，法王用跳金刚舞的方式绕场，与前来觐见的信众们见面。很多次走在通往台顶的山路上，都会有一种错觉，仿佛回到了色达的迷人草原。恍惚之际，当年法王跳金刚舞的景象历历重现在眼前，那是上师最为开心的岁月。

转眼间我们已到台顶，中台台顶广平，遍布龙蟠石，形成乱石翻滚的石海，静止之中仍然气势磅礴。《清凉山志》云："巅峦雄旷，翠霭浮空，因以为名。"中台山形如雄狮，是东台、西台、南台和北台的中心，四台环绕连绵，各得其位而又相互映衬，相辅相成，浑然一体。

《水经注》云："峨谷之水，出于中台。"台顶西北有太华池和甘露泉，东南有玉花池和三珠泉。另有五溪发源于此，二溪注入清水河，三溪注入滹沱河。

上了中台台顶，上师首先来到太华池。西方极乐世界有七宝池和八功德水，太华池好比是文殊刹土的七宝池之一。

太华池旁建有一亭，亭中有灰色石碑，碑刻三个隽永漂亮的绛红色篆字"太华池"。上师在亭旁逗留，手里拿着八吉祥伞和念珠，伞轻轻地靠在肩上。围绕着上师，弟子们异常欢喜，阳光般灿烂的笑意写在每一个人的脸上。上师脸上带笑凝视眼前的一切，不时地

师徒一行到达中台太华池时，天空中出现一圈彩色光环

希阿荣博上师带领弟子们右绕太华池

抬起右手摸一下自己的头。这个为弟子们熟悉的动作被称作上师的“招牌动作”。

天气晴好，日光明媚，薄薄的云彩随意地在蔚蓝的虚空中飘动，轻盈柔美，舒卷自在。浮云随风变换着形状与姿势，却一点儿也不影响太阳的普照，仿佛为了给上师的开示提供一个美丽的背景，太阳周围出现了一圈彩色的光环，圆满而吉祥。弟子们不顾强烈的阳光可能伤及相机镜头，纷纷仰头拍照。

在历代描写五台山的志书和史料中，不乏关于各种神奇彩虹的记载，它们被称为“灵光”、“佛光”或者“圆光”。彩虹不同于雨后常见的拱桥形而呈现为圆形，有时在光环里还会出现自己的身影抑或幻化出菩萨的身影。《清凉山志》载：“若夫精心瞻仰，刻意冥求，圣境灵区，有时而现。或神灯触目，或佛光摄身，或金阁浮空，或竹林现影。”“实百灵之冲府，乃万圣之玄都。”“徵其源也，乃曼殊大愿之所持，如幻三昧之所现。”《清凉山志》的这段话用现代汉语来表达，大致意思就是，如果朝圣的人对文殊菩萨有无上的信心，又能虔诚地求祈祷告，在五台圣境就会出现这些瑞相。倘若用人体来做比喻，那么五台山可以说是经络气脉交汇的能量中心或者神经中枢。究其根源，这些瑞相乃为文殊菩萨大愿所摄持而产生的如梦如幻的某种显现。根据记载，除各台顶外，菩萨顶和黛螺顶也曾有瑞相出现。

诚如佛经所云，带着虔敬的心来朝拜五台山，一定可以见到文殊菩萨。而文殊菩萨不一定是以手持宝剑与经函的报身佛的形象示现，他会以异彩纷呈的和众生心相应的形式显现，以此来加持度化众生。美丽的彩虹实乃文殊菩萨之显现。法王如意宝 1987 年莅临五台山时曾经说过，能够见到文殊菩萨的显现非常殊胜，如果见到又有信心的话，就可以清净无始以来的很多业障。

在 7 月 3 日这一天，从早晨开始，圆融的“佛光”便在中台台顶一直相随；接近中午时分上师于西台附近赐予灌顶时再次出现；翌日，上师在善财洞传法的时候，灵光又一次显现。

上师开示道：

“我们来到这里，清净的人看到的就是七宝池，不清净的人看到就是水泥砌的池子。今天正是阿弥陀佛的节日，缘起非常殊胜。

“在《佛说阿弥陀经》中，佛祖告诉舍利弗说，七宝池周围四边，不是水泥砖石所砌，是金银琉璃形成。水底也不是泥沙覆盖，而是布满金沙。宝池上面有各种亭台楼阁，都以七宝装饰。生于西方极乐世界的菩萨们，在七宝池里自在沐浴。

“在《观无量寿佛经》中，佛陀告诉阿难及韦提希说，在七宝池中有微妙香洁的莲花，花间如意水流注，微妙的流水声，演说苦、空、无常、无我之妙法。

“因为弥陀大愿之殊胜，西方极乐世界的功德不可思议。我们应该对西方极乐世界生起渴求心和信心。麦彭仁波切在《净土教言》中曾说：‘往生极乐世界有四种因：观想阿弥陀佛、积累无量善根、发菩提心、发清净愿。’西方极乐世界和其他净土不一样，有的净土需要一地菩萨以上才可以去，真正带业可以往生的是西方极乐世界。凡夫不造谤法罪和五无间罪，按照往生四因进行修持的话，一定可以往生。在菩提心的摄持下修行的话，到了极乐世界以后就成为登地菩萨。那时候再继续修行就很容易。

“大家跟我一起转绕太华池，念《大自在祈祷文》。我们一边唱一边绕。”

上师走在最前面，左手撑着八吉祥伞，他的轻盈安静的脚步好像不是踏在坚硬的并不很平坦的泥土上，而像是踏在虚空中一般。微风吹起他的披单和裙子，显得上师高大的身体好像没有太多的重量，可以随着风轻轻摇摆。上师的姿态宁静祥和，有一种承载含藏万物而又静默谦和的气质，让所有看到他的人都生起欢喜和信心。

文殊菩萨于五台山说法演教之地

中台演教寺始建于隋朝，现存的殿宇为明朝一位梵僧在此重建。

他铸铁为瓦，明武宗赐额“演教”。五台顶所供文殊都有所不同，中台供奉的是文殊童子。

1996 年 10 月 1 日，旭日初升，在如日般的觉空境界中，法王如意宝脱口唱出道歌《三世佛语合而为一文殊童子欢喜笑音》。其中第一个偈颂就是：“自心无生光明性，即是了义文殊尊。”这是对文殊童子最好的诠释。“童子”象征文殊菩萨已彻悟诸法实相，安住于不来不去、不生不灭的法界之中，故无有变迁，永不衰老。

《宝鬘论释》有云：“顶礼文殊童子！在远离一切过患（文）、具足二利之福德（殊）、身体无有老衰（童子）的文殊师利童子前作礼。”

从四面八方赶来和上师一起朝圣的弟子在不断增加，而演教寺的文殊殿刚刚好被我们占满。回顾上师为我们传法、灌顶或开示的每

中台演教寺大殿内，希阿荣博上师为弟子们传承《四臂文殊修法仪轨》

一个地方，都正好能够容纳所有的弟子，不大不小。无论是寺庙殿堂，山洞外的空地，还是清凉石或者对谈石等都是如此，非常吉祥圆满。

弟子们席地就坐，和上师一起念诵了很多经文。念诵毕，上师开示道：“今天在中台我给你们传《红黄文殊成就诸事业——平日智慧修法精要仪轨四臂文殊修法仪轨》，为麦彭仁波切所造。非常殊胜。法王在的时候，五明佛学院一直修持这个仪轨。将来文殊菩萨成为你们的本尊时，就可以用这个仪轨来修。”

红黄就是橙色的意思，《显密念诵集》中四臂文殊菩萨的法相非常庄严。获得了来自上师的传承，感觉上，像是上师把弟子引荐给了文殊菩萨一样，从此以后再看到橙色文殊就像遇见自己很熟悉的人那般亲切。时至今日，上师带领弟子们念诵仪轨中文殊心咒“嗡阿鬲巴匝纳德”的声音依然回响在耳边。

上师接着说：“在圣地好好发愿特别重要。请亚玛泽仁活佛带领大家一起念诵《普贤行愿品》，他的声音非常好。”

随后上师转绕大殿，然后把手中的哈达轻轻扬起抛向殿内诸菩萨和文殊童子，柔软的金黄色哈达飘落在金色佛像的手里或肩上，和谐而又庄严。供养毕，上师俯身顶礼文殊童子。大殿里充满了经文和心咒的唱诵声。

当我们走出文殊殿，来到殿前的空地上，首先映入眼帘的又是那虚空中围绕着太阳，殊胜的圆形彩虹。它依旧高悬于天际，照耀和关怀着大地。佛光的色彩比早上更加鲜艳了一些，穿梭而过的风也强劲了很多。系在栏杆上的经幡和哈达在风中舞动，呼呼的声响也仿佛在演说着无上的妙法。万里穹空上的祥云呈现祥龙瑞凤的形状，龙首、龙身、凤头、凤羽清晰可见，也有一两朵零星的白云幻化成标准的如意形状，从远方的天际稳稳地朝着我们的方向飘过来。

今日的天象如此吉祥，上师也微微仰头来凝望四周的祥云和圆圆的彩虹，显现上非常欢喜。不知是哪一位出家师父随意地唱起了藏族的歌谣。悦耳动听的歌声里，我们恍如置身扎西持林的雪山和草甸，周围是佛塔、坛城和庙宇。

演教寺内有古式精舍一所，东屋供奉着石刻文殊菩萨像，西屋供奉着石刻弥勒菩萨像。室内的花幡等供养用具，都是唐代玄奘法师的弟子窥基大师所置。**演教寺西南百米处，是文殊菩萨于五台山说法演教的地方，建有汉白玉质地的文殊说法台。**

正殿前有舍利塔一座，高 13.3 米，周围雕刻着惟妙惟肖的十八罗汉像。塔身石龛内供石雕佛像 3 尊，基座是仰覆莲瓣须弥座，为唐代作品，乃五台山最为珍稀的佛塔之一。在舍利塔旁边，弟子们欢喜地围绕着上师，以祥云为背景，留下了珍贵的合影，定格了这一瞬间。《大自在祈祷文》的念诵声与风声，声声入耳，相融成韵，回荡在山谷上方的虚空之中。

这时有来朝台的信众认出了上师，他们的欢喜之情溢于言表，带着两个幼子一起虔诚地跪在地上，恭敬地为上师献上哈达。上师微笑着，慈悲地把哈达打成金刚结，加持后戴在他们的脖子上。

有趣的是，一位演教寺的僧人不知何时出现在殿前，只见他认真地朝着天际不同的方向一一礼拜，此时在缥缈的虚空中，诸佛菩萨俨然莅临了。

行程 8
Journey Eight

西台——莲花生大士像旁灌顶

西台挂月峰海拔2773米，《清凉山志》曰："顶广平，月坠峰巅，俨若悬镜，因以为名。"挂月峰的形状，远观犹如一只翩翩起舞的孔雀，在云雾缭绕间兀自开屏。而西台的志书史料楹联诗词中则多有关于狮子的记载，表明这里似乎是狮子常来光顾的地方。

中台和西台是两个相距最近的台顶。耗时无多，上师便带领弟子们抵达西台顶附近。

从停车处下行，需要小心地越过许多龙翻石，才来到一个洞口。这个山洞由一块巨石俯身而成，三面乃岩壁，外面一侧是以砖石砌成的墙，墙壁上开有一扇小窗，从外向内透着天光。墙外有一方空地。洞内的石壁呈黑灰色，在润湿的凉意里微微发亮，其上布满了浅色细纹，隐约有文字自然显现于石壁的纹理脉络间。洞中供奉着莲花生大士像。洞外的龙翻石上有几个清晰的大脚印，有的像是龙爪，有的像是狮足，还有的好像是成就者留下的痕迹。而在西台顶的寺庙有这样的楹联："狮子有灵曾印迹，蟠桃无岁不生香。"雨花老人亦有诗云："谁跨狻猊到五峰？徐行蹋遍玉芙蓉。一方石上遗灵迹，八水池边绝异踪。花落每经香雨湿，春深唯有绿苔封。杖藜归

西台的一个山洞内，希阿荣博上师为随行弟子赐予莲师缘起除障灌顶

去应寻觅，见在西岩第几重？”

念诵着莲师心咒，弟子们陆续地到齐了，墙外的空地刚好足够容纳我们。上师从窗口探出头来，一部经函放在窗棱上。由于殊胜的缘起，上师在这里赐予随行弟子们莲师缘起除障灌顶（列绕朗巴大师的伏藏，是增上顺缘、遣除违缘与障碍的极其殊胜之法。其修法仪轨《缘起除障摄义仪轨》已经翻译，收集在《显密念诵集》第三册中）。上师所用灌顶的仪轨虽然是简略的，却包含了生起次第和圆满次第的内容。

灌顶前，上师语重心长地就金刚乘的传承和灌顶做了简要开示：

“五台山是大圆满的传承祖师们驻留的地方。布玛莫扎昔日来到这里依止西日桑哈祖师20年，再回到印度，100岁时被赤松德赞国王迎请到藏地，在藏地13年又回到五台山金刚窟。嘉纳思扎祖师也是在善财洞依止西日桑哈祖师。莲花生大士也一定来过五台山。今天在这里给弟子们灌顶，缘起非常殊胜。

“佛陀的教言可以通过文字流传下来，但佛法的真谛只存在于上师的心里。它的传承只有一条途径，那就是以心传心。

“密宗非常重视传承，得到传承以后修持和没有传承时自己修持，功德与加持相差很多。真正的传承是从佛到现在，每一代的传法和承受法脉都传承有序，一代一代延续到现在，没有中断过。有一些法门可能中间断过，或者现在已经断了，后学者依据佛经学习和修行。阅读、抄写佛经有无量的功德，但传承清净而不曾中断的法脉是殊胜的法缘，是修行成就的依怙。

“密法中大圆满法的传承从普贤王如来至今，法脉没有断过。我的传承是从法王如意宝等具德上师那里得到的，法王如意宝是真正的佛。虽然我不是活佛，也没有什么成就，但是让我自己感到欣慰的是，在我依止法王如意宝的20多年里，从来没有对上师起凡夫想，没有违背上师一句教言，没做过一件令上师示现不悦的事，所以我传给你们的法，传承非常清净也极具加持。

“如法获得灌顶以后，才真正进入金刚乘，没得灌顶的不是密宗弟子。获得灌顶前要先皈依，没有皈依就求灌顶不如法。获得灌顶的机会非常稀有，能获得灌顶是往昔积累的无量福德在此时的显现。在灌顶以前，传统上要求上师和弟子相互观察很长时间，所以我在汉地给居士们灌顶的次数不多。

“得到灌顶后就成为密乘弟子，一定要护持密乘戒律。有人误认为只有出家人才需要持戒，其实在家人一样需要守持戒律，尤其是求到灌顶后更要严格守持。得到密乘灌顶的在家人比只持沙弥戒的出家人戒律还要严格。清净的戒律是一切功德的根源，是获得暂时和究竟解脱的基础。得到灌顶之后，比灌顶更重要的是护持密乘戒律，这是每位密乘弟子必须遵守的。密法很殊胜，修习密法，成就相对来说快，但是破密乘戒的果报也很大。一旦真正地破了密乘戒，一定要尽快忏悔。

"法王如意宝在喇荣五明佛学院举行法会或者灌顶以前，都要管家进行调查，绝对不允许破戒的人参加，判断的方法不是通过神通观察，是大家都知道、都看到的。这并不是法王不慈悲，而是因为如果有破密乘戒的人在，会对其他参加法会和灌顶的人有很大影响。

"大家不要失望，认为守持戒律太难了，只有已登地的菩萨或佛才有能力守持。因果取舍之法，即是戒律，是佛陀为引导因地的修行人正确修法而宣说的。戒律的要求不会超出普通人能力之所及。希望大家在这一生中能不间断地去了解密乘的教法，深入、系统地学习密乘戒律。"

和法王一样，上师有时也会诙谐地与弟子们逗乐，他说："今天的时间特别紧，而且我的肚子也特别饿，本来说话就不是很清楚，现在更说不清楚了，但是说不清楚没有关系，只要你们有信心就可以了。"弟子们闻言皆开怀地笑了，在朗朗的欢笑声中，灌顶开始了。

上师接着说："灌顶之前一定要发菩提心。求灌顶的希求心也特别重要。"不知何时，太阳周围又显现出瑰丽圆满的彩虹，这五色的光环好像与上师的心如影随形，自有一种奇妙的默契。上师只要做开示、传法或灌顶，它就如约出现。

弟子们没有觉得太惊讶，几乎所有弟子都有这样的经历，在上师身边总有彩虹，弯弯的、圆圆的、双层的，抑或云端的一段虹光，抑或空中五彩的云朵。在这一刻，弟子们清晰地感受到上师的加持力。一切的外境如梦幻泡影，而内心犹如宁静的湖水不起涟漪。上师慈悲的加持无所不在。

上师示现上像极了法王如意宝，从他贫寒的身世、成长的历程、度化众生的事业到他的为人与性格特质，乃至上师逗弟子们的样子，都和法王如出一辙。我记得上师曾经在《无尽藏》一文中这样回忆法王："法王如意宝的一生是个无尽藏，凡是与他结缘的人都会得到他的好处。他把自己当作一个无所不有的宝库，别人需要什么尽管拿去，取之不尽，用之不竭。"幼年的磨砺与过往的酸楚让上师理解人生的痛苦与无常，让他更加渴望为那些有需要的人们提供无私的帮助与温暖的依怙。与上师接触过的人都知道，上师心地柔软，最不愿意也不忍见弟子们产生烦恼。上师常常说："如果我不能给弟子们带来利益，也希望弟子们不要因为我的缘故而产生烦恼，使自己的佛法修持受到障碍。"不论弟子带着多少愿望与执着来见上师，他都不辞辛苦，尽可能一一给予满足，往往疲倦不堪才稍事休息。曾经有授记说，凡是和上师结缘的众生都能得到利益。

写到这里的时候正是法王如意宝圆寂九周年纪念日，也是藏历水龙年十一月十五日，阿弥陀佛的节日。五明佛学院和扎西持林都从这天开始举办纪念法王的法会，以念经、供灯、放生等方式利益众生，供养法王如意宝和阿弥陀佛。当天早上，上师在微博里发布了不少五明佛学院和扎西持林法会现场的照片。

稍后得知，上师正是于这一天圆满完成了《同生极乐国》的撰著。当天夜里，上师梦见了法王如意宝为弟子们灌顶传法，并整宿都置身光明欢喜的梦境之中。缘起非常吉祥。

一位上师的弟子心里一直存有遗憾，那就是自己从未有幸亲见法王如意宝，每一次看到法王的照片或听到他的故事，都会伤心落泪。在上师灌顶的时候，她哭了很久。她说，如果没有上师的慷慨和慈悲，不知道自己还要在迷惘和孤独中流转徘徊多久；虽然自己没有其他师兄那么大的福报能够亲见法王，但是幸好还有上师在。

念及上师的辛苦、承当和恩德，念及上师病后尚未完全恢复，还是这么消瘦，就带领弟子们朝圣，给弟子们传法，很多弟子伤心哭泣。

灌顶之后上师又仔细地叮咛："这次朝圣的行程特别圆满。如果我们能好好发愿的话，在我成佛的时候，你们会成为我的第一批眷属。所有的众生都会成佛的，我也一定会成佛。那个时候，有的弟子如果先成佛了，就会以菩萨的显现成为我的眷属。有的后成佛，那时候，也一定会是我的眷属。这次缘起很殊胜，大家一定要好好发愿。当我把莲师像放在你们头顶时，请大家观想莲师身语意融入自己心间。"

一位弟子轻轻发愿："众生生病我愿是药，众生想要渡河我愿是桥，众生想要写字我愿是纸和笔，我愿成为众生所需要的一切。愿我生生世世和上师永不分离，在一起弘扬佛法，利益众生，直到证悟成佛。"

弟子们恭敬合掌，排着队从上师的小窗前慢慢走过，上师为我们一一加持。几乎所有的弟子脸上都带着泪水，无论是最不爱哭的男师兄，还是最爱哭的女师兄，在这一刻好像没有什么差别。

典故：文殊菩萨与维摩诘大士对谈石

在西来寺用过简餐之后，上师带领弟子们来到了两块大小相仿的巨石之上。石面平整光洁，相对相望。师父择其中一块巨石落座，法相庄严而又意态清净。这里的视野极其开阔，早晨可以眺望旭日东升，朝霞如海；傍晚可以注目落日西沉，紫浪浩渺。上师灌顶时出现的环形彩虹渐渐优雅地退散开来，一时天地通透，灿烂的阳光尽兴铺洒，唯有苍穹尽头低低地徘徊着几片薄薄的云，此外则是碧空如洗，万里无云，视线和天际交汇于无穷的远方。

圣地的一切超离言思。如果我们于佛法能生起一丝一毫的理解、体会或感悟，都是因为上师的愿力与功德。有感于此，一位弟子自言自语般念道："谁之智慧，离二障云，犹如净日极明朗；所有诸义，如实观故，胸中执持般若函……"

《清凉山志》记载："唐法林，见缁白二叟坐谈石上，近之则失，因为名。"相传在唐代，有人远远望见两位老者对坐石上，仿佛在交谈的样子，但当走近时，却又难寻踪迹。据传，这二位相揖对语的老者正是文殊菩萨和维摩诘大士的化身。觉玄诗曰："妙德弘开向上关，维摩一默不轻还。对谈若谓无言说，风雨依前点石斑。"想来曾在对谈石上端坐冥想的智者，于此山林间，取云霞为伴侣，引青松为心知，何等自在无碍，欢喜清净。

根据《维摩诘所说经》载，有一次维摩诘大士示现生病，佛祖指派阿难、舍利子以及诸大菩萨代为探视，却无人敢去，因为大士境界太高，难为酬对。文殊菩萨赞其功德曰："深达实相，善说法要。辩才无滞，智慧无碍。一切菩萨法式悉知。诸佛秘藏无不得入。降伏众魔游戏神通。其慧方便皆已得度。"虽然如此，文殊菩萨还是承佛祖旨意前往探病。一时，"八千菩萨，五百声闻，百千天人皆欲随从"，就是说，文殊师利和维摩诘两位大士对谈，必定演说甚深妙法，精彩绝伦，自然没有人愿意错过这样的机会，于是无论是菩萨、声闻还是天人都去旁听。两位皆是古佛再来而示现为大菩萨，皆是妙智无量，辩才难思。演说如来“不二”法门，无有更合适者。他们的对话录，也就是《维摩诘所说经》。这部经典宣说的如来藏佛性，属于佛陀在第三转法轮中宣说的内容，与密宗本来清净、光明的观点已经非常接近。

虽然，这里并非文殊菩萨前去探病的地方，却不难想象，两位大士不仅一谈成经典，而且从此成知己，心心相通。文殊菩萨既然居于此地，维摩诘大士应会造访。来访之时，文殊菩萨兴许就请他于此石上雅座对谈，二人对坐石上，这一幕远远地被一位叫法林的僧人看到，但走近却又不见人影，这才有了对谈石的名字。

神奇的八功德水

八功德水是五台山西台的泉水，西台十七灵迹之一。据徐霞客《游五台山记》记载，八功德水位于西台北侧往下三里处。上师在去八功德水的路上路过西来寺，寺内供有莲师二尊等圣像。上师在大殿中为佛像开光，并念诵了经文。

由于八功德水的润泽，在通往泉水的路旁，一个小小的山坡之上，没有池塘却生长着许多繁茂的旱莲花，荷叶青翠欲滴，构成一幅清雅动人的图画。继续前行，一朵狮子状的祥云迎着上师从西台顶的山岭后缓缓地升起，它不断变换着万千姿态，时而伸出前脚作几步腾跃，时而张开嘴巴吐几口瑞气，然而无论怎么变都仍然像极了狮子。

去往八功德水的路上，一朵狮子状的祥云在正前方悄然升起

有诗赞叹八功德水曰："西岭巍峨接远苍，回瞻乡国白云傍。孤峰岭翠连三晋，八水分流润四方。晴日野华铺蜀锦，秋风仙桂落天香。当年狮子曾遗迹，岩谷常浮五色光。"苍茫的山岭，在游弋的白云间若隐若现。灵台秀水浸湿四野，润物无声。因为狮子曾经来过，这里的山谷间常常漂浮着五色光。

《称赞净土经》说八功德水具有八种特殊功德。第一是澄净，澄澈清净；第二是清冷，脱离热恼，清凉寒冷；第三是甘美，是指水的味道甘甜醇美；第四是轻柔，是指水的性质轻浮柔软，不似人间的水，可以随心意而向上流淌；第五是润泽，如雨露般可以滋润万物；第六是安和，宁静柔和，不会有湍急的水流；第七是除患，可以清净业障与过患；第八是增益，可以增长善根，有益身心。

山谷里的八功德水泉涌如注，确实澄澈冰冷。上师俯下身子，以手为钵，掬起一捧缓缓流淌的水，喝了下去，如饮琼浆。上师又随意地捧起泉水洒在自己的头上，水花飞溅而起，如同散落的大小银珠，在空气中折射着太阳的光辉，颗颗晶莹。广阔的天地和盛大的山林，似乎倒映在每一颗水珠中，随其翻转飞舞。天地和山林在其中不断变幻着形状和色彩，好像是微缩的小世界，又好像是棱镜制成的缤纷万花筒。

清泉周围的山坡上，绿树成荫，枝繁叶茂，疏影在阳光下斑驳成画，其间似有淡淡的云烟缭绕。上师轻轻接过弟子们递上的经旗，继而嘱咐弟子们念诵百字明，并将经旗的一端系于半山腰的枝杈上。弟子们则欢快地接过另一端，延展开来，拉远，系好。和风轻轻摇动着五彩的经旗，在八功德水的山谷里，俨然有五色光在漂浮。

扎西旺修喇嘛顺手从地上拾起两块石头，用它们打着清脆悦耳的拍子。在《大自在祈祷文》唱诵的妙音里，上师和弟子们一起圆满了对八功德水的朝礼。

法雷寺开示朝礼五台山的因缘

八功德水距离西台顶只有三四里地之遥，山路却很陡峭，弯也很急。来到西台顶，但见法雷寺在沉沉暮霭中如如不动，夕阳为它披上了一层融融暖光。上师立于台顶，示现上非常欣喜，爽朗的笑声久久回响在空旷幽静的山谷中。站立台巅向西观望，只见山岭层叠，峰峦起伏，如一幅绵延的卷轴水墨，渐次展开，一直延伸到天边外，而苍茫的天际成为了画中的留白。

法雷寺，“法”即是佛法，“雷”则为雷声。“法雷”喻佛法如雷，能使众生觉醒。法雷寺供奉着“狮子吼文殊菩萨”。《维摩经佛国品》：“演法无畏，犹狮子吼。其所讲说，乃如雷震。”而《文殊礼赞》中也有这样的偈颂：“如大雷震，烦恼睡起，业之铁索为解脱。”故狮子吼之意是说文殊师利菩萨演说甚深妙法，犹如雷震，唤醒沉睡之众生。然而，狮子频繁莅临西台，菩萨或者另有密意，非我等凡夫所能测度。

于此大殿正中央，供奉着文殊菩萨，列两侧的分别是普贤菩萨和观音菩萨。三位大菩萨皆端坐于各自的宝位之上。文殊菩萨的莲花座下，可见一尊金色的狮子回首仰望。静寂庄严之中仿佛听到了它冲着空谷幽林发出的狮吼声。

上师于大殿一侧坐下，开示道：“请大家坐下来，在这样殊胜的地方，我们一起念诵《普贤行愿品》。然后我给你们念诵两个传承，《文殊智慧勇士修法》是法王如意宝掘取的一个伏藏，《释迦牟尼佛修法仪轨》是麦彭仁波切所造。”

万籁俱寂，上师念口传时不觉斗转星移，天色渐暗。上师接着开示：

“这次朝圣瑞相特别多，非常殊胜。1987 年我来到五台山时，法王在塔院寺念诵《普贤行愿品》、在菩萨顶传法、在善财洞闭关的时候我都在。但是后来因为一些违缘，我到了中台和西台之后，五台的朝礼没有圆满我就只能返回藏地。这次全部圆满了。法王如意宝以前说过，他从小对文殊菩萨有不共的信心。一生中最大的愿望就是来五台山朝圣。真正实现这个愿望是在 1987 年。在 1987 年之前，法王于梦中以幻身游历五台山一共三次。一次在东山山脚下，看到文殊菩萨的显现；第二次在草地上。1987 年法王如意宝真身莅临时，很多情景与梦中来的一模一样。每到幻身曾经游历之地，法王如意宝就会停下来念诵《普贤行愿品》。

法王的功德确实不可思议，我是凡夫，不可能完全说出法王的功德，真正的十地菩萨也很难圆满说出他老人家的功德。法王是真正的功德圆满。这次朝圣的所有行程我们是完全依照法王如意宝的因缘安排。我与法王的因缘特别近，你们也是一样。法王去过的地方感觉不一样，比如那罗延窟、金刚窟、菩萨顶、黛螺顶、善财洞和清凉尸林。在这些地方的加持力很大，和别的地方不一样，我们的心里感受也不一样。法王如意宝虽然示现圆寂，到了极乐净土，但实际上从没有离开过我们。文殊菩萨也是这样，一秒钟也不曾离开。一般人可能没有见到金黄色的文殊菩萨的形象，但是我们看到的很多瑞相，都是文殊菩萨的显现。比如从这次朝圣的第一天开始，每天都出现彩虹、光环、祥云，毫无疑问这些就是文殊菩萨的显现。这次朝圣特别圆满。这么殊胜的地方，大家要观清净心，好好发愿，发愿特别重要，在这么殊胜的地方，只要我们发愿清净，愿望一定会实现。”

弟子们随上师一起念诵了《普贤行愿品》和《大圆满基道果无别发愿文》等经文。在优美唱诵声中，夜幕悄悄降临。月榭凭栏，飞凌缥缈；云房启户，坐看氤氲。我们圆满了朝圣第三天的行程。

附录：《心经》与大圆满

上师于对谈石处时，端坐八吉祥伞下，念诵《心经》传承，宣讲《心经》的功德，从大圆满的角度阐释了空性之理，并开示大圆满窍诀的相关知识。

对谈石上，希阿荣博上师为弟子们开示《心经》的功德，阐释空性等法要

上师开示如下：

《心经》的功德

一些老的修行者和出家人在遇到大的违缘，如地震、海啸等灾难时，都要念诵《心经》。藏传佛教中有这样的传统，在出现违缘时，特别是每年藏历十二月二十九日，大家通常都要念诵《心经回遮仪轨》以

祈祷来年不要有任何邪魔外道的危害,《心经》是其中的主要部分。

佛经有记载:帝释天受到魔王波旬的侵害时,就观想空性、念诵《心经》,依靠般若空性的力量与加持来度过危难。观世音菩萨的加持的确不可思议。

玄奘法师在去天竺取经路上,曾路过一个寺院,听到有人在大声哭泣,他发现是一个全身溃烂的和尚。虽然任重道远,但玄奘法师非常慈悲,他留下来为和尚治病。等和尚的病基本上好了,玄奘法师才辞行。临行前,和尚送给玄奘法师一本梵文经典以示感谢。那部梵文经典就是《心经》。玄奘法师一路上常念此经,虽然遇见很多危难和违缘,但每次他都靠《心经》的力量度过了。当他取经返回时,念及和尚赐经恩德,他想前去参访。谁知寺庙和老和尚都如晨露般消失得了无痕迹。或许那个老和尚,就是观世音菩萨的化现,以这样的方式将梵文版《心经》交付玄奘法师。

有这么大的力量,《心经》是一部什么样的经典?

佛祖成道后,在 49 年的时间内三转法轮,为众生宣讲了八万四千法门。初转法轮,佛陀教授了四谛法门;二转法轮,佛陀开示了般若空性法门;三转法轮,佛陀开演了光明如来藏本体。49 年中,佛祖用了 22 年宣讲般若空性法门,揭示万法实相,是为三界众生走向解脱所不可或缺。

佛陀曾教诫阿难道:“即使你把我所讲的法都忘失了,般若的只言片语也绝不能忘,当以对如来知恩报恩之心,受持此般若,切莫失毁。这一点理应铭记于心!”当年法王如意宝也每日念诵《般若摄颂》,而且他可以完整背诵。

留存人间的《般若经》包括广中略三种。广般若,有十万颂;中般若,有二万五千颂;略般若,有八千颂。所有《般若经》的精华,都包含在《般若摄颂》中。将《般若摄颂》进一步浓缩,就是《心经》。由此可知，《般若波罗蜜多心经》是佛法的精髓与核心，其内容虽简却足可统摄八万四千法门。很多人以为《心经》简单，其实不然，它是大乘经典中，文字最短少、经义最深奥微妙的经典。

佛经当中讲过，听闻空性的人，必须是有很大福报与智慧的人。思维和修持空性也有很大功德。《中观四百论》说，对空性有一点点体会，就已经打破了轮回的因，轮回就不可能持续太长。哪怕只是对我们原来执着为实有的一切，对它们的真实存在产生一点点怀疑，也有很大的功德。

现代人对世间法非常执着，由此带来很多不必要的痛苦。所有的痛苦都来源于对我的实有执着，要想断除烦恼，证悟空性应是唯一彻底的解决方法。通过领悟《心经》，或进一步修持般若的法门，对空性有一定的体会，了知我们认为实有的一切，包括我们自己，都没有实际存在的本质，都是空性，一切如梦如幻，这对调伏自己的烦恼也有很大的帮助。

《心经》与大圆满

《心经》讲的是空性，而从更深的角度去理解，《心经》实际上不仅仅宣说了空性，也讲了佛陀在第三转法轮中宣说的如来藏，这已经和密法比较接近。如果证悟的话，《心经》是接近大圆满彻却的境界，是有关空性的修法。

大圆满托嘎特别殊胜。我们总以为所看到的是外境，其实是自己的本心。《大佛顶首楞严经》云："不知色身外洎山河、虚空、大地，咸是妙明真心中物。"有的对境看起来动得很厉害，是因为我们的心不够安静。

圆满地修持了彻却的修行者在圆寂后的数天里，他们的色身会消融不见。在这个过程中，周围总是有彩虹般的光，所以被称为虹身成就者。而圆满了托嘎的行者可以将色身转变成微妙的光蕴身，并且在利益众生的因缘未尽之前一直住于其中。莲师虹身成就，飞到邬金刹土。布玛莫扎祖师也一样，千佛成佛以后，他将在金刚座下示现成佛而转法轮。这就是无上大圆满，无上托噶修持的结果。

藏地很多以前的大成就者，白玛邓灯仁波切、阿琼仁波切，包括我们根本上师法王如意宝都是托噶修行的成就者。我亲眼看到法王的法体最后变得特别特别小。以前札熙寺的多吉秋炯仁波切，闭关 40 年，圆寂后他身体也变得特别特别小。你们今生遇到这样的密法并且真正去修持的话，如果能够守持密乘戒，最慢的来世 25 岁再次遇到密法，因缘具足，则一定能够成就佛果。大家一定要珍惜，一定不要破密乘戒。如果有一点点犯戒，都必须用四对治力进行忏悔。清净的戒律是一切功德的根源，是获得暂时和究竟解脱的基础。这是每位密乘弟子必须遵守的。

空性的禅修

弟子们应该常常打坐，按照《如何做功课》中讲的：已经证悟心性的人，先祈祷上师，再安住于心性中，安住片刻后，从定中出来再祈祷上师，再安住，如此反复修持至少半小时；还没有开悟的人，则安住于对空性的定解中，与祈祷上师交替反复。这是速得加持、获得或巩固证悟境界的有效方法。以前法王如意宝在学院南山传授大圆满时，就是这样要求我们的。你们现在也应该按这个方法去做。

信心与大圆满窍诀

刚才说了修持密法，大圆满法有很多，像《七宝藏》《四心滴》等，这些我们闻思起来比较困难。而法王如意宝在五台山从光明境界之中取出来的意伏藏法《文殊静修大圆满》非常简捷，却包含了大圆满前行和正行的重要窍诀。其中，前行的内容多一点，而大圆满正行就是半页纸，只有几行字。大圆满就是这样。

祖师们所传讲的大圆满窍诀都很短，往往说一两句话弟子就证悟空性。包括嘎绕多吉传给文殊友大圆满窍诀时，短短几页；文殊友传给西日桑哈时特别短，只有七句；西日桑哈传给嘉纳思扎时也很短。大圆满窍诀从没有很厚的法本。以前大圆满祖师讲的都不多。有信心的话，传承祖师讲一句话，也可能做一个动作，弟子就有可能证悟。从密法的角度，有信心极其重要。

大圆满是一种内证智慧，意思是说三有所显、生死轮涅，一切的法无不在这个证智空性中圆满具足，所以叫作圆满；而解脱生死的方便，没有比这个更殊胜的，所以叫作大。

其他的法门大多数是在分别伺察中建立信念，大圆满法不用分别伺察，当下直指；其他的法门要用风、脉、明点等，年轻时脉道舒展，容易成功，而年龄大了就比较难。大圆满法的光明日月从内现起，只要具足精进，不论老幼，都能解脱；其他的法都认为法身、报身、化身三身究竟成佛时才能获得果位，大圆满法则基道果无别，果位的三身在道中明朗显现，是在究竟光明本净界任运证智的妙有境界。

修行大圆满必须借助上师的窍诀，否则不会成就。进一步说，要证悟大圆满心滴部之甚深密意，唯有依靠上师的意传加持。如果对无上密法、对上师有强烈和虔诚的信心，大圆满就显得比较简单。

在藏传教法传统里，只要依止的是真正的大成就者，并对上师具足信心，随时随地都有可能开悟。

修持大圆满法的功德

大圆满法被称为九乘佛法之顶饰。法王如意宝说过，得到大圆满法的人，如果对上师具足信心，不破密乘戒，不诽谤佛法，按次第精进修持，今生就可能成佛；没有即身成佛的，在临终法性中阴或转世中阴出现时，也能解脱；最慢的情况，来世 15~25 岁之间一定能再次值遇大圆满法，条件具足的话，一定能解脱。

别说得到大圆满的灌顶和引导，或者听闻大圆满法，仅仅听到大圆满的名号，此人也必将于人寿 10 岁时得到吉祥智慧空行母的度化，在生、死及中阴三时段中的任何时段获得解脱。这在《阿底大庄严续》中有明确的开示。全知麦彭仁波切在《文殊大圆满基道果无别发愿文》中也写道：（大圆满法）仅仅听闻也必定得到解脱。

今天是藏历十五日，阿弥陀佛节日，这么殊胜的日子，我们所在的地方也这么殊胜。我和一些弟子说过，朝拜了很多的圣地，然而五台山和别的圣地不一样，到了五台山就有一种特别的亲切感，像回到自己的家一样。在这里听闻佛法非常殊胜，弟子们一定要珍惜，好好发愿今生能够精进修持大圆满法，为利益众生而成就佛果。

希阿荣博上师在罗睺寺为弟子们传法灌顶。上师与罗睺寺有着不可思议的因缘，短短几天的行程中两次来到这里

第四天

藏历水龙年五月十六日

阳历二〇一二年七月四日

菩萨顶　圆照寺　慈福寺

罗睺寺　上善财洞　清凉尸林

旅游小贴士

菩萨顶

菩萨顶在五台山灵鹫峰上，相传是文殊居住处，故又名真容院，亦称文殊寺，创建于北魏。明永乐以后，蒙藏教徒进驻五台山，大喇嘛居于菩萨顶，于是菩萨顶成了五台山黄庙之首。清康熙、乾隆二帝几次朝拜五台山，在菩萨顶住宿，并撰写碑文。

圆照寺

圆照寺位于台怀镇中心灵鹫峰山腰，与显通寺藏经殿仅一墙之隔。明永乐初年，印度高僧室利沙来到中国宣扬佛法，为了纪念他，明宣宗下旨修建了这座寺庙。圆照寺的建筑风格极为华丽，木制雕刻有皇家古代建筑的风范。

慈福寺

慈福寺又名禅堂院，位于菩萨顶背后紫霞谷口南侧，地处一面背阴坡下段。寺院布局呈长条带形，上方有大片树林，下面有沟谷河水流过，寺内花香扑鼻，景色宜人，展室风格古朴，文物精秀迷人。该寺虽在台怀寺庙集群区，却背它寺而独立，犹如龙神幽栖。

罗睺寺

罗睺寺是五台山保存完好的十大黄庙之一和五大禅寺之一，据说由于此处显过圣灯，故名落佛寺。清朝时由青庙改成黄庙，并改名“罗睺寺”。寺内两幢木构小楼以接待十方客人而闻名。大藏经阁里，有寺内最吸引人的景观——“开花现佛”，殿中央的木制彩绘大莲花会徐徐绽开，露出藏在里面的释迦牟尼佛、阿弥陀佛、药师佛和弥勒佛四尊佛像。

上善财洞

善财洞位于台怀镇往黛螺顶上山的半路上，背倚黛螺顶，面临清水河，传说是顺治皇帝出家的地方。寺分上下两院，相距百米，主院称“下善财洞”。上院内有一石洞，曾从洞中掘出狮子吼文殊、弥勒、善财三尊铜像。其中的善财童子像，造型优美，比例适当，是一件珍贵文物，于是后人就把这个石洞称为“上善财洞”。

清凉尸林

从上善财洞右边那个小门出去就是清凉尸林。这里是大圆满祖师西日桑哈虹化成就的地方，在印度和西藏自治区早已闻名遐迩，其加持力可与印度圣境的八大尸林相媲美。

圆照寺

慈福寺

罗睺寺

上善财洞（山腰处）

清凉尸林

菩萨顶

行程 9
Journey Nine

菩萨顶——文殊菩萨的住处

在圆满了5个台的朝礼之后，第四天，上师带领弟子们朝礼台怀镇的菩萨顶、罗睺寺、上善财洞和清凉尸林。菩萨顶是文殊菩萨显现真容之地，法王如意宝1987年莅临时驻留时间最久之地。罗睺寺是文殊菩萨显圣之地，与大恩上师希阿荣博堪布有殊胜因缘之地。上善财洞和清凉尸林则是大圆满传承祖师们曾经修行成就之地。

菩萨顶位于台怀中心区北台脚下，以东台望海峰为青龙山，右以西台挂月峰为白虎山，背以北台叶斗峰为靠山，面对南台锦绣峰为屏藩，且坐于中台翠岩峰支脉的龙头上。因该寺中高旁低，溪水环流，成为二龙戏珠之势，峰巅海拔1797米。《广清凉传》卷中记载，灵鹫峰上，"祥云屡兴，圣容频现，古谓之化文殊台"。这里是文殊菩萨的住所，也是这位大菩萨经常显圣的地方。

相传东汉永平年间，印度高僧摩腾、竺法兰来到五台山，看到此地山形山貌与《法华经》中所描述的印度灵鹫山极为相似，因而奏请汉明帝在峰下修建大孚灵鹫寺（即显通寺），这座山峰则因此得名。

灵鹫峰上的寺院群落，是五台山规模最大、规格最高、留存最完整的黄教寺庙。庙宇始建于北魏，当时称大文殊院。后因文殊菩

萨于此显现真容，所以改名为真容院，又称菩萨顶。清代尊崇黄教，康熙、乾隆数度朝台，皆曾于菩萨顶驻留，并亲封大喇嘛，赐提督印，菩萨顶也便成为掌管黄教寺庙的首庙。

真容院规模宏大，占地 45 亩，有殿堂房舍 430 余间，均为清代按照皇家模式重建，采用了三彩琉璃瓦和青色细磨砖，为五台山诸寺之首。于台怀镇上远眺，见菩萨顶，殿宇云集，布局严谨，雄伟壮观，独具特色。阳光下的飞檐斗拱，红墙黄瓦，绿树成荫，蓝天白云。金碧辉煌的楼阁仿佛悬浮在空中一般，它们既和远景近景融为一体，又超然独立，与大白塔相映衬守望，一派大菩萨的威仪磅礴气象。

25 年前，法王如意宝莅临五台山时曾经驻锡于此，也是在这里为四众弟子传讲佛法。

讲述法王当年在五台山事迹

7 月 4 日清晨，上师带领随行弟子们来到菩萨顶，于大雄宝殿前供灯。殿前庭院里有着两棵参天的老柏树和几座古朴厚重的石碑。在古树下仰望蓝天，但见遒劲挺拔的枝干耸入云霄。晨曦透过树叶，稀稀疏疏地洒出一地斑驳，光影随风而动。树和碑的周围皆用石头垒砌了方形的花台。上师和随行弟子们一边念诵文殊心咒，一边在这些一米多高的石台上点满了酥油灯。

供灯毕，上师于大雄宝殿的月台上端盘坐，身后有一副楹联，烫金的底色上书写着墨黑的楷体：“灵鹫鹫灵灵鹫灵，真容容真真容真。”弟子们一时安静下来，纷纷围坐在大殿前的空地上，所有的目光都集中在了上师身上。清晨的雾霭已然散尽，可还是有一种香烟缭绕、灯火荧荧的梦幻般感受。

上师开示道："五台山菩萨顶，意为文殊菩萨的住处。1987年，法王如意宝在五台山朝圣时，先是在这里住下。那次朝圣缘起都很殊胜，瑞相随处可见。我们刚才进来时停车的地方，1987年时是一片草地。就是在这片草地上，法王给四众弟子传了《佛子行三十七颂》和《三主要道》。

"大殿的旁边有一个小院，当年法王如意宝就住在这里。小院的一侧是法王的卧房和接见四众弟子的地方，另外一侧是厨房，阿里美珠空行母当时就在这里为法王做饭烧水。在这个小院里，法王如意宝为来自五明佛学院的弟子们传了龙钦巴尊者的《法界宝藏论》以及其他大圆满的窍诀。

"法王在五台山期间，一位宁玛巴的大修行者和成就者，贝诺法王也从印度来到五台山朝圣。在法王如意宝住的小屋里，他们一起坐在床上，留下了珍贵的合影，两位大成就者法相庄严、气度非凡。

这次法王如意宝在五台山朝圣，前后共100多天。此间法王如意宝以及他的弟子们在较大范围内连续传讲了宁玛甚深法要和窍诀，这在五台山的历史上是罕见的。相信法王如意宝必有密意，对将来大圆满在汉地乃至全世界的弘扬，是为殊胜的缘起。

"法王在五台山时曾说：'如果我们能在菩萨顶塑一尊庄严的莲花生大士像，同时在其他寺院也塑许多莲花生大士像，以后无上密法就会在汉地得到广弘，汉地的无量众生将得到解脱。'于是法王带着一万眷属在五台山的50多所寺院中，包括菩萨顶及其周围的各个寺庙，塑造了宁玛派教主邬金第二佛莲花生大士像以及其他很多佛像。所塑佛像应该有几百尊。此外，还修建了文殊宝殿、宗喀巴大师殿等佛堂。法王如意宝自此开始正式广泛摄受汉族弟子。他说，在所塑的佛像中放了很多佛舍利和高僧大德的加持品，例如华智仁波切、宗喀巴大师的衣服等。这些佛像极具加持力，大家一定要在这里好好发愿。

“《佛子行三十七颂》是大成就者无著菩萨所作，这是佛法中的精华，加持力很大，里面写了很多关于如何生起菩提心的教法。佛法八万四千法门全包含在这里，大家最好能背诵。无著菩萨说，听闻《佛子行三十七颂》一百零八遍可以生起和增上菩提心。很多大德都修这个法，法王如意宝也是，他从多位上师那里听过近两百次传承。在喇荣五明佛学院法王一直给弟子们传讲，要求弟子们背诵并按此修行。我自己也听过很多次。今天我先给你们念诵《佛子行三十七颂》的传承。”

弟子们念诵经文时，上师默默哭泣，数度哽咽，沉浸在对法王如意宝无尽的追忆与思念中。佛法的真谛在上师心里，大圆满的传承一直都是以心传心。作为法王的心子，上师和法王之间，清净无染、没有分别与执着的心心相印，一定可以超越时空，相信法王与上师从未分离。似水流年中，上师已经从一个年少的修行者成长为一代大圆满传承上师，如今弟子如织的上师经过岁月的沧桑，更加懂得了法王如意宝当年的不易。

从《佛子行三十七颂》，我们可以一点点想象一个大乘佛子如何行之不易，而一个大圆满的传承上师担当着弘扬大圆满、教化末世众生的责任，其不易更胜一筹。

在《回忆上师》一文中上师写道：“法王如意宝是我一切慈悲、智慧的源泉。我庆幸自己从21~42岁，人生最年富力强的时光是在法王身边度过的。在法王的悉心教导下，我逐步走向成熟。此时此刻，我更能真切地感受到自己的出离心、菩提心，一分一秒的善念善行全部来自于法王的加持。只要一想到他老人家，我的心里便充满了温柔而忧伤。

1987 年，法王如意宝在菩萨顶手持文殊菩萨的佛牙传讲《佛子行三十七颂》

1987 年法王如意宝在菩萨顶驻锡的小院（摄于 2012 年）

“法王如意宝的宽广深厚令每一个见到他的人都心生敬畏。他老人家总把手放在我头上，一边长久地、轻柔地抚摸，一边跟我开玩笑。他知道我心里有多么诚惶诚恐，所以用这种亲昵柔和的方式安慰鼓励我。每次法王摸过我的头，都能让我高兴好几天。那时别说这样与上师亲近了，就连梦见一次法王如意宝也会连续高兴几天。如今没有人再摸着我的头打趣我了，我也只能在梦里见到法王如意宝。”

在念诵传承的过程中，上师的眼泪没有断过，不时用手护住前胸，用衣袖轻轻擦拭面庞。随行弟子皆知上师心脏疾患尚未痊愈，此时此刻的担忧无法言表，没有一个不伤怀哭泣的。就这样，上师给予了弟子们《佛子行三十七颂》的珍贵传承。在上师传法时拍摄的照片上，星星点点的暖色调灯光相互交织聚拢在一起，形成了一个金色的吉祥莲台，片片花瓣都清晰动人，上师庄严而慈悲地端坐其上。

菩萨顶，希阿荣博上师沉浸在对法王如意宝无尽的追忆与思念中

末法年代，众生所受的苦难有多大，传承上师们所做的承担就有多大。若非一代又一代的祖师们历尽千辛万苦，行人之所不能行，及人之所不能及，积累一切功德，扫除一切障碍，证得无上菩提，我们今天就没有机缘值遇大圆满法。弟子们皆在静默中双手合十，在泪光里虔敬发愿，祈愿能生生世世和上师不分离，为了大圆满的传承和佛法的弘扬精进修持，圆满如海一般的菩萨行愿。

在阶前围坐的人渐渐增加了一些，外来信众也在弟子们身后静静跪下来恭听上师传法，他们虔诚而专注地凝望着上师。

传承毕，上师带着大家念诵文殊心咒，然后步态从容地绕过大雄宝殿来到后院。中间的文殊殿供奉着著名的文殊菩萨真容像，两旁是祖师殿和金刚殿，分别供奉法王如意宝当年塑造的佛像。此院有一小门通往法王当年住过的小院。

根据宋朝大华严寺坛长妙济法师撰著的《广清凉传》卷中的《安生塑真容菩萨》一文，唐朝鼎盛时期，僧人法云负责重建殿堂，重塑佛像。因不知佛像塑成什么样子，故虔诚地焚香祈祷。至诚所感，文殊菩萨终于显现圣颜。塑工安生即按照显现的样子塑成一尊菩萨像，童子容颜，栩栩如生。在塑像过程中，“心有所疑，每一回顾，未尝不见文殊之在旁也。经七十二现，真仪方备。”从此大文殊院寺更名为真容院。在这里，上师带领弟子们供养哈达、顶礼并念诵了《文殊礼赞》《愿海精髓》等经文。上师每到一处都会嘱咐弟子们：**“大家一定要好好发愿，有信心的话，愿望一定可以实现。”**

左侧经堂为金刚殿，中间供奉文殊菩萨，两侧分别供奉布玛莫扎祖师和格萨尔王。主尊文殊菩萨像的心间有一尊用麦彭仁波切的骨灰精制而成的小文殊像。上师认真地供养哈达，顶礼，并躬下身来，将额头久久抵在文殊菩萨前的供桌上，万籁似乎皆于此间静寂。金刚殿中的佛像皆是当年法王如意宝带着五明佛学院的僧众所做。

菩萨顶祖师殿，上师向法王如意宝率僧众所塑的莲花生大士像供养哈达

右侧经堂为祖师殿，中间主尊的位置供奉莲花生大士塑像，此像为法王带领僧众塑造、装藏并亲自开光，具有真正的见解脱的加持力。莲师心间还装藏有一尊法王如意宝的前世，伏藏大师列绕朗巴取出的伏藏——“如我一般”大乐莲师替身像。列绕朗巴大师取出这尊大乐莲师像时，佛像开口说话：“我与莲师无二无别。”华智仁波切和麦彭仁波切曾经加持过这尊大乐莲师像。当时德格一位著名藏医的夫人，把自己珍爱的项链供养给了这尊极为殊胜的莲师像。

莲师左右是文殊菩萨和布玛莫扎祖师，两侧的其他佛像是阿底峡尊者、宗喀巴大师、无垢光尊者、晋美林巴尊者、麦彭仁波切、列绕朗巴上师和降魔金刚。这里所供奉的大部分佛像是当年法王如意宝带着新龙的僧众做的。

在莲师心咒唱诵中，上师为每一尊佛像供养哈达，并带领随行弟子们长时间念诵《愿海精髓》《普贤行愿品》等经文与发愿文。

法王当年带领僧众所塑的诸尊佛像不仅极具加持力，而且有很高的艺术价值。仅仅看到他们，就会感觉内心很安静。每一尊佛像都面容庄严、姿态优雅、栩栩如生，报身像的珠宝服饰与法器一应俱全，且色泽雅致。很难想象僧众如何在山林里扎起帐篷风餐露宿，用泥巴进行艺术创作，在短短3个月里塑成了几百尊如此精致庄严的佛像。

当年，年轻的上师也参与菩萨顶的佛像塑造工作，他负责担水并把泥巴混合均匀。说起这些，上师不禁慨叹：“那么短的时间内塑造那么多佛像，这在历史上都少有吧。难以想象当年僧众有如此高的佛教造像艺术的修养。除了他们清净无染、慈悲利他的心地，还有法王如意宝不可思议的加持力。”

来到五台山，在上师加持与教导之下，方才知道法王于汉地众生的恩德之大，上师于我等愚笨弟子的恩德之大。

于灵峰圣境怀念晋旺堪布

其后，上师和随行弟子们一起念诵着莲师心咒，迈着轻盈的步子，走出了菩萨顶的山门。山门上高悬着蓝底金字的“敕建真容院”的牌匾，昭示此乃皇家寺庙。

山门之下是一个空旷开阔的平台，平台上“灵峰圣境”的牌楼巍然高显。木结构的牌楼精致玲珑，四柱三门，分上下三层，斗拱重叠，挑角四出。牌楼顶上覆盖着黄绿琉璃瓦，阳光下熠熠生辉。牌楼两侧各有石雕卧狮守护，石狮神态生动，侧目昂首，口吐瑞气，颈项间与脚踝上系着洁白的哈达。牌楼正中是康熙皇帝御题匾额“灵峰圣境”。牌楼后，一块九龙石雕斜铺直至山门，云水中的九龙彰显着皇家气派。路过山门时，上师说：“1987 年的时候我和晋旺堪布曾经在这里拍过照片。”

回忆起晋旺堪布，上师深情地说：“晋旺堪布是非常好的修行人，了不起的成就者。1957 年法王如意宝在色达传讲龙钦巴尊者的《七宝藏》，年轻的晋旺堪布那时显现上是班上成绩最差的学生，但他精进修持，念诵了 2 亿遍到 3 亿遍文殊心咒以后，从此通达了所有的经典。30 年之后，1987 年，在东台顶上，法王安排晋旺堪布给其他弟子念诵《七宝藏》的传承。晋旺堪布传法时说：‘我一生中，除奉上师之命，从不向他人传讲密法，因为密法极为隐密，密乘戒律的要求又很高，一旦破戒，其果报也最为严重。’

“贝诺法王曾经派囊卓堪布到法王如意宝座下学习，囊卓堪布对晋旺堪布有不共的信心，学习期间也向晋旺堪布求了很多法。囊卓堪布后来迎请法王如意宝去印度朝圣。他是一位很优秀的上师。

“法王在印度的时候，我经常去洛若寺晋旺堪布那里求法。晋旺堪布的小屋子外面是客厅，里面是一个小小的卧室，晚上晋旺堪布睡在床上，我就睡在他的床边。有时我也住在晋旺堪布的侍者拉夏喇嘛家里。每天早上启明星从东方升起的时候，也是佛陀成道的那个时刻，晋旺堪布就起来磕一百个大头。玉科夏扎瓦上师是布玛莫扎祖师的真实化身，他在晋旺堪布小时候就认定堪布是华智仁波切的转世。虽然晋旺堪布从来都不承认，但他却可以通篇背诵《普贤上师言教》，一个字也不错。所有的课诵他全部熟记于心。他传比丘戒时也从不用看法本。每月初十莲师会供和二十五日空行会供的时候，他也不用看仪轨。他的念诵又好又快。

“晋旺堪布示现圆寂前，在医院里曾经和弟子们说起过我，但是那时我在德格，没有能够见到他，后来心里难过了很久。晋旺堪布特别好，不可思议地好。”

晋旺堪布对上师真好！有一张老照片佐证了他们共度的往昔时光。年轻的上师家境贫寒，身着从各位师兄处借来的衣服，以一张简朴的塑料布为背景，端坐在自己的小屋前。其中黄色的法衣是晋旺堪布的，前面摆放的经夹也是晋旺堪布的。上师后来说：“其实当时我也有一个经夹，但是晋旺堪布的更好看，我们那时照一次相不容易，而且很贵，大家都觉得应该尽量照得好看一些。”照片上，上师的目光澄澈而坚定。

藏历一九九六年九月二十五日，晋旺堪布在洛若寺安然示寂，七天后，法体缩小呈婴孩形状。荼毗时蔚蓝的天空上瑞祥纷呈，彩虹交织，后由僧众捡得五色舍利数十枚。

1987 年上师随法王朝礼五台山时，曾在菩萨顶山门下的石阶旁“灵峰圣境”牌楼那只没有舌头的狮子后面，与晋旺堪布一起留下了一张珍贵的合影。堪布手持拄杖，面容寂静庄严。年轻的上师脚踩凉鞋，手持念珠，消瘦的面容有着非凡的威仪。

也是在同样的地方，上师和丹增诺布小活佛有过一张合照。小活佛是秋吉尼玛活佛的侄子。

五台山有为数众多的石雕狮子，但唯独在菩萨顶“灵峰胜境”牌楼右侧蹲卧的这头石狮没有舌头，十分特别。传说 300 年前立此牌楼时，石狮的雕凿工作正在进行。当时在寺中吃饭的人数固定，下锅的米粮也不变，但早晨的这顿饭总是不够吃，且不是差一点，而是差很多，以至于做饭的和尚总是不得不做第二次。每天如此，谁都不明就里。忽有一日，做饭的和尚发现了留在锅台上的兽爪印才恍然大悟。翌日清晨，煮好饭后他就躲在水缸后偷看，只见来了两只壮硕的狮子拉开锅盖便大吃起来。

听闻此事，一位老僧将锋利的刀片悄悄置于锅里。第二天黎明时分，当第一只狮子偷吃时，只听它大叫一声，两只狮子旋即转身逃走。老僧来到牌楼下，发现右侧石狮没有了舌头，笑道："原来偷吃饭的就是你呀！"石狮羞赧点头。然而时隔不久，两只狮子还是照样偷吃。后来，在一百零八级石阶前面修建了一座照壁，才算挡住了它们，而那只可怜的石狮，就"饿着肚子"守候至今。

上师和随行弟子们在这只身藏趣事的狮子旁稍作停留。立于平台

1987 年希阿荣博上师随法王朝礼五台山时与晋旺堪布留下的珍贵合影

之上，极目远眺，五座台顶隐约可见。近观四周，菩萨顶与梵仙山、黛螺顶、寿宁寺遥相呼应。俯视下方，鸟瞰纵观，台怀寺庙群风光尽收眼底。此真乃灵峰胜境也。

上师轻灵地走下一百零八级石阶，以手触摸照壁上巨大的红色“佛”字，然后回眸而笑。站在照壁前，仰首上望，青灰色石板铺就的石阶仿佛是直通清净佛土的云梯，云梯上满是上师的弟子。石阶尽处即是挺拔的牌楼。

1987年，在与法王合影的地方，希阿荣博上师与丹增诺布活佛合影

行程 10
Journey Ten

圆照寺——文殊菩萨显现真容之地

从菩萨顶照壁出来，走下青石板路，不远处便是圆照寺。

在圆照寺的大殿后，有藏式白塔，高五丈，四角各设小塔。塔中藏有尼泊尔高僧室利沙的真身舍利。明永乐初年，高僧远赴中国弘扬佛法，后受封国师。之后他来到五台山于普宁寺潜心修行。宣德元年（1426），明宣宗继位不久即请他重返帝都。其后，清净出尘的高僧室利沙意欲归普宁而帝不允，他当晚即坐化了。宣宗深悔，遂将舍利一分为二，于京西建塔，同时建寺，名曰真觉；又于此建塔，重修普宁，改称圆照。

碧空万里，湛蓝如洗，映着白塔的身影，纯一、圆满、清净、鲜明。上师于此稍许驻足，一边念诵《大自在祈祷文》，一边供养哈达并顶礼白塔后，带领弟子们来到了圆照寺大雄宝殿。

圆照寺亦是文殊菩萨显现真容之地。大雄宝殿外，有文殊菩萨化成贫女赴斋的偈像石碑，千百年来在静默中诉说着文殊菩萨显圣的故事。碑上四偈，与塔院寺文殊发塔的传说无二。相传文殊菩萨在塔院寺“无遮大会斋”上化成贫女乞食，施发后，即在圆照寺上空显示真容，因而人们在此处立碑造像。

1987 年法王如意宝莅临五台时，曾在这里和汉族弟子结缘，并悉心传授佛法。彼时寺庙主持是能海法师的弟子清海法师。站在法王曾经安坐过的地方，在大雄宝殿洁净空寂的月台前，上师长时间地念诵经文和祈祷文。

慈福寺旧照与华觉江措活佛

法王如意宝 1987 年莅临五台山时曾经在菩萨顶住了较长的时间，而华觉江措活佛就住在菩萨顶背后紫霞谷口南侧的慈福寺里。从菩萨顶的后门出来，穿过今日的停车场，再向北行 50 余米，便是慈福寺。慈福寺布局呈长条形，上方是成片的树木，林荫蔽日；下方沟谷中有清泉流过，水声潺潺。慈福寺虽地处台怀镇寺庙集群区，却背对其他寺庙而独立，清幽安静，空寂超然。这里也是五台山藏式建筑风格最为明显的庙宇之一。

当时在法王如意宝的号召下，华觉江措活佛在慈福寺也塑了不少佛像，其中有莲花生大士、布玛莫扎祖师、堪布菩提萨埵、赤松德赞国王、萨迦班智达、宗喀巴大师、龙钦巴尊者、晋美林巴尊者。因为活佛曾经是莲师二十五上首弟子之一，所以和前四位祖师有甚深因缘。后三位祖师是藏地公认的文殊菩萨化身。此外，华觉江措活佛对晋美林巴尊者有着不共的信心。大雄宝殿内接引佛像东侧有一古朴的楼梯可达二层。二楼经堂三面临窗，敞亮通透，每天的日出、夕照和月色轮转，光影都能从窗棂投射进来。经堂北面所供的七尊佛像就是当年活佛所塑。

慈福寺和布玛莫扎祖师有着特殊的因缘。在五台山依止西日桑哈期间，布玛莫扎祖师应在这里驻留过。

华觉江措活佛是莲师二十五大弟子之一的转世，也是法王如意宝最重要的心子之一。法王如意宝曾经在50岁时示现重病，一直隐居的华觉江措活佛突然来见法王如意宝，而在此之前他们素不相识。曾有一个授记说：莲师的25位弟子中的一位，将来因缘际会，如果能和法王相见，法王如意宝会因为这个缘起而长久住世。殊胜的是，从那次相见以后，法王如意宝又安然住世了20年。

华觉江措活佛是极为了不起的成就者，昔日在山林树丛山洞中隐居了近20年，与世无争，心无挂碍。有一次他在清风树下打坐，要抓他的人经过时，子弹盒掉落在活佛的身边，他们停下来捡弹盒，然而近在咫尺却看不见活佛。

那时学院里的大小事宜法王如意宝都会和华觉江措活佛一起商量决定，诸如需要念什么经，开什么法会。法王有时会这样讲："我问过华觉江措了，我们今天就念诵这个经吧。"或者，"你们不用增加也不用减少，这是我和华觉江措商量决定的。"同时，华觉江措活佛也是教授大圆满法的主要上师，在弟子们心中有崇高的地位。每当上师说起华觉江措活佛，总会沉浸在深情的追忆中。

活佛和法王见面不久后，上师就来到了学院。上师年轻时格外清贫。初来乍到，法王如意宝一家为他安排了住处和基本生活资具，丹珠喇嘛馈赠了一个温暖的羊毛坐垫，曲贝堪布送来一包醇厚的奶渣了，华觉江措活佛给了一袋糯香的糌粑。上师从华觉江措活佛那里得到了很多生活中的关爱，当然更有很多传承和窍诀。他们情同父子。华觉江措活佛去炉霍时，上师曾经在活佛的小屋里住了两年，后又搬到秋吉尼玛活佛的小屋里居住了两年多，直到1995年上师才算是有了自己的一个比较像样的小屋。

在慈福寺，一位汉族的出家人曾经供养了一尊古老的佛像给华觉江措活佛，活佛认定那是没有戴帽子的布玛莫扎祖师像。这尊佛像着实神奇，他时常自动转换方向，时而东，时而西，没有一定之规。

那一年，上师来到慈福寺拜见华觉江措活佛，活佛拿出了一顶古老的班智达帽，并告诉上师说：“这顶殊胜的班智达帽是大圆满祖师布玛莫扎尊者曾经戴过的法帽。”当时，年轻的上师戴着这顶法帽拍摄了珍贵的照片。照片上的上师法相庄严，凝视着虚空的目光柔和而坚定，透出一种无形的力量。缘起非常殊胜，在此后的岁月中，许多弟子正因为这张法照，而生起对上师和三宝无上的信心。

在慈福寺的另外一张照片是上师和他的师兄们一起拍摄的，前排是上师与丹增诺布活佛，后排为日布多杰活佛和龙多活佛。他们的身后是四臂文殊菩萨的唐卡，繁复华丽，精致优雅。上师与这三位师兄情谊深厚。

1987 年在慈福寺，希阿荣博上师戴着大圆满祖师布玛莫扎尊者曾经戴过的法帽拍下珍贵照片

坐在前排的丹增诺布活佛年龄稍长，是一位几乎终生闭关的修行者。他曾在学院学习过，现在还闭关于塔公的山上。

上师时常发愿希望可以终身闭关，然而法王如意宝让他弘扬佛法，利益众生。如今上师弟子如云，虽然很累，却不忍心离去。他说："当年，我和日布多杰活佛、龙多活佛同在喇荣五明佛学院求学。日布多杰活佛来自炉霍，我们常常说，希望以后能一起去莲师修行的圣地青朴神山闭关。后来，因遵循大恩根本上师法王如意宝的教言，我四处弘法，忙忙碌碌间光阴荏苒，至今也没有机会得偿夙愿。恐怕这一辈子也很难有机会了。我最要好的朋友、我的师兄——日布多杰活佛虽然也没能按照自己最初的设想去青朴神山，但他却在五明佛学院后山持续闭关修行，到如今已经十几年了。这让我敬佩不已，也羡慕不已。而龙多活佛和我受法王如意宝委派，一起负责管理学院的财务。我们两个不仅仅是菩提路上的金刚兄弟，在生活中也相互帮助。"

典故：有关佛陀爱子罗睺罗尊者的传说

据《佛本行集经·罗睺罗因缘品》等佛教经典记载，罗睺罗尊者乃释迦牟尼佛之子，也是佛祖十大弟子之一。罗睺罗尊者在母亲肚里怀了6年，于释迦牟尼成道之夜降生。示现成道后第六年，佛陀应父亲净饭王之请，从摩竭陀国回国省亲，认了释疑。而后佛陀让舍利子劝罗睺罗出家，让目犍连为他剃头，舍利子为他宣说沙弥十戒，为佛教沙弥之始。罗睺罗尊者因是佛陀爱子，在僧团中地位很高，经常受到称赞。但是佛陀对他要求特别严格，教育他严持戒律、精进修行。他没有辜负佛陀，"不毁禁戒，诵读不懈"，证得大阿罗汉果位。因他虽具足三千威仪、八万细行，却从不表现自己，总是默默地修持和工作，佛陀曾赞叹他："在我的弟子中，罗睺罗比丘是'密行第一'"。

罗睺罗尊者到三十三天讲法之后，天神和他们的子女都从轮回中得到了解脱，于是他们将自己的王冠都供养了尊者。所以在罗睺罗尊者的唐卡中，他总是手里拿着一个王冠。

佛祖入涅槃前，将正法托付十六罗汉，让他们不入涅槃，住于世间，护持正法。罗睺罗尊者也是这十六罗汉之一。

2004年前后，在德格地区发现了一篇朗修喇嘛于上世纪四五十年代作的授记。朗修喇嘛被公认为大成就者擦嘉瓦香秋的化身，他的《未来授记文》对德格乃至整个藏地诸多事件及人物皆做了准确的授记。其中写道："札熙寺中香香戏游舞，超统领地圣者罗汉住。"

香香鸟是藏地传说中一种能飞越海洋的吉祥神鸟。神鸟飞舞，寓意祥和兴盛。圣者罗汉在藏语中意指十六罗汉。对朗修喇嘛预言的阐释就是：札熙寺兴盛之时，十六罗汉中的一位尊者长老会在超统地区驻锡。

札熙寺几百年历史的沧桑浮沉中，曾几度出现教法兴盛时期，然而自朗修喇嘛作授记以来的50多年间，真正堪称兴盛的只有1998年寺庙重建至今的这段岁月。吉祥神鸟香香也隐喻属鸡的法王如意宝，其如海般广大的弘法利生事业，仿佛展翅的大鹏，一日千里。

德格玉隆阔地区的超统村，曾是格萨尔王的叔父超统大王之领地。近50年来，超统村地界上修建的圣者道场只有扎西持林。"超统领地圣者罗汉住"授记的便是扎西持林的建立。

作为扎西持林的主人，上师当为授记中所称的圣者罗汉，尽管他从未公开承认过自己以前转世的情况。

大成就者哥宁活佛认为上师正是自己的父亲索南嘉措尊者的转世，而根据伏藏大师沃莎多吉所撰祈祷文“诸佛殊胜幻化之总集，化身佛子长老罗睺罗”，索南嘉措尊者的前世可一直追溯到世尊之子罗睺罗尊者。

上师14岁时只身前往札熙寺拜见哥宁活佛，从此就在哥宁活佛身边学习佛法，直到活佛圆寂。对这个家境贫苦而勤奋好学的弟子，哥宁活佛无论在修学上还是生活中，都给予了无微不至的关怀。聪颖活泼的少年上师很快就赢得了活佛和空行母的全部宠爱。他们视其如己出，师徒好似父子那般亲密无间。

索南嘉措尊者

活佛打心底里欣赏这位小徒弟，从不掩饰对年少的上师的另眼相待，平时总让他挨着自己坐，高兴开怀时甚至把他抱到膝上。他有时带着这位年少的徒弟进山采药，并悉心教他辨认药材。适逢风雨之夜，二人露宿山顶，天地荒野没有屏障，他便让这个心爱的弟子躲进自己宽大厚实的棉袍中避寒。伴在活佛身边，年轻的上师感到踏实温暖，平静欢喜，念书或者玩耍累了，便随性自在地依偎着活佛打瞌睡，有时酣眠有时小憩。常有客人骑马来拜见哥宁活佛，上师总是趁着大家在屋里谈话之机，顽皮地偷偷骑上客人的马溜出去，在草原上策马扬鞭，迎着旷野的风纵情驰骋。活佛不但不以为忤，反而很高兴地说："无论从哪一方面观察，这孩子都必定是一位大成就者，将来会广弘教法，普利众生，尤其对札熙寺会给予巨大帮助。"

哥宁活佛曾多次向左右亲近的人透露：上师应该是他的父亲、伏藏大师索南嘉措的转世。对此，其他的高僧大德也作出过相同的认证。

行程11
Journey Eleven

罗睺寺——古寺梵音与灵塔神灯

罗睺寺创建于唐，历代不断修缮。寺内有康熙十一年（1672）御制碑记云：“创建于唐，显迹于宋，续修于胜国贤藩。迨我先朝，曾辟院以供十方”。

罗睺寺是一座专供罗睺罗尊者的古道场，在清朝时，成为仅次于菩萨顶的第二大黄庙。历史上罗睺寺高僧代出，华严、天台和禅宗高僧云集，也是帝王将相的镇国道场。文殊菩萨经常于此显圣，罗睺罗尊者曾在寺中显圣，并留下足迹。其历史文化积淀深厚，故此寺乃各地信众来五台朝山一定要参诣之地。

罗睺寺坐北向南，东西窄而南北深，建有殿堂房屋118间，均为明清建筑。自南而北依次为天王殿、文殊殿、大雄宝殿、大藏经阁。层层深入，显得深邃而幽古。

这次朝礼五台，上师两度位临罗睺寺。从圆照寺出来，不远处是罗睺寺的一个侧门，上师踏着地面斑驳的光影，信步踱向这座红墙包裹、苍松荫翳的古刹。刚走到门口，空灵的梵音古乐悠然响起，一时间充满虚空。

低徊的云霭难掩韵律，远山的迷雾不乱清音，金刚法号吹奏声异常低沉、浑厚有力，与打击乐器的声音交响和鸣，有恭迎、皈依、礼赞之意。这次朝圣中，听到这样的音乐是唯一的一次。乐声持续数分钟，待上师来到大雄宝殿前方止，此后音乐声再也没有响起。蓦然回首，这音乐宛如为欢迎上师而准备，缘起殊胜。

上师于大雄宝殿前稍作停留，瞻仰楹联，上书："鹫岭云开空界自成清净地，龙潭月皓圆光常现妙明心。"其中，"圆光"所指就是上师灌顶传法时经常出现的圆形彩虹，与师父的分外相应。殿内有乾隆皇帝御赐匾额两块，分别书有"慧灯净照"和"意蕊心香"，洗练的笔墨点染出佛门意趣。在《大自在祈祷文》的念诵声中，上师顶礼供养佛祖如来，白色的哈达从他的手中抛出，飘落在高高的金色莲台上。

大雄宝殿院内立有御制石碑两通：一通为康熙十一年玄烨所写《重修清凉山罗睺寺碑文》；另一通乃康熙四十九年（1710）玄烨所写《罗睺寺碑文》。显而易见，康熙皇帝对罗睺寺尤为重视。

东西配殿分别为药师殿和观音殿。殿内原无塑像，1987年法王如意宝莅临五台山时带领僧众于此塑了多尊佛像，遂成今日规模。东药师殿内供奉着药师佛、长寿佛、绿度母、白度母4尊佛像。西观音殿供奉着四臂观音两尊、长寿佛4尊、莲花生大士、阿底峡尊者、黄文殊、绿度母、白度母等11尊。其中，泥塑黄文殊像尤为精雅威仪，通身金黄，头戴宝冠，璎珞严饰，含睇若笑，端坐莲台。遥想当年，僧众能在简陋的环境中，不计艰辛劳苦，把尊尊佛像都塑造得这样精致美丽，想必他们的心地亦当如是，清净美好，总让人随喜赞叹。

罗睺寺东南角屹立着一座7米多高的藏式砖塔。基座为正方形，其上有莲台，塔身为白色，雕刻文殊像，故曰文殊塔。曾几何时，在建塔处有一颗生机蓬勃的大松树，枝叶繁茂，亭亭如盖。据悉，历史上灵鹫峰顶经常会显现神灯异光，并且总有固定路线，其顺序一般是首先出现于罗睺罗寺这松树顶端，继而移到塔院寺大白塔的宝瓶上，再转至圆照寺大殿的屋顶，最后慢慢消失隐没在菩萨顶。这样不知道持续了多少年，后来神光不再出现，松树也随之凋零。寺主夜得一梦，并按照梦中佛示，将松树主干做成文殊殿内文殊骑狮像的塑柱，树梢、树枝、树皮埋在原树处，建塔以为纪念。因此文殊塔亦称松树灵塔。北宋时，宰相张商英三番游历五台山，作《续清凉传》。其中就有关于他在“罗殿”、“罗足迹堂”见到神灯临空的记载。

“开花现佛”与《次第花开》的巧合

走出大雄宝殿，一行人随上师绕行来到大藏经阁。大藏经阁坐落在大雄宝殿北侧，分为上下二层，双重房檐结构。阁前两只汉白玉的大象颇有威仪，似印度风格。院内有一棵参天古柏，荫蔽半方天，枝叶在阳光下投射了一地斑斓光影。

渐近殿门，抬头看时，只见殿门上方高悬的牌匾上，蓝底金字篆刻的是繁体“开花现佛”四个大字。随行弟子又惊又喜，顿时就有数十个照相机和手机对准了站在大殿门口的上师和他上方的牌匾。

由于上师和罗睺罗尊者的殊胜因缘，弟子们对罗睺寺也怀有一种特殊的情感，大家对朝礼罗睺寺均是期盼已久。早些时候，我们随上师伴着梵音古乐一起走进了罗睺寺；现在站在藏经阁前，迎面而来恰是“开花现佛”的金字匾额。凝望着如此亲切熟悉的四个字，恍然于梦中。想起上师的第一本开示集《次第花开》，内容涵盖了年少上师的生活经历、修行历程，他的上师们的慈悲与智慧、大圆满传承祖师们的承担与度化众生的艰辛等皆历历在目。不仅如此，对于修行者来讲，《次第花开》中包含了很多教我们如何在生活中修行而最终获得信心与定解的窍诀。

上师在这本书的前言中写道：“我的根本上师法王如意宝平生最

上师一行来到罗睺寺大藏经阁前，
随行弟子抓拍下这一珍贵瞬间

大的心愿是众生皆往生西方极乐世界，于胜妙莲池中，次第花开，花开见佛，亲睹如来无量光，现前授予菩提记。在法王如意宝的万德庄严面前，我是这样卑微，惶恐。我把自己全部的信赖和祈祷，连同这一本微不足道的小书，献给他老人家。次第花开，花开见佛，这也是我的心愿。”

《次第花开》改变了无数人的生命轨迹，也包括我等愚笨弟子。书中的《珍宝人生》和《回忆上师》等几篇文章，很多弟子读一遍就哭一遍。《次第花开》出版一个月内连续四次印刷，一直是各个网站佛学书籍畅销榜排行前几名。

关于这本开示集的书名，上师曾经说：“次第花开，花开见佛，既可以理解为仗阿弥陀佛的愿力往生极乐世界，花开见佛，成不退转菩萨；也可以理解为佛在心中，即心即佛，心得开明则能现量见佛，也即真正见到阿弥陀佛，也即现量见到心的本性。所以次第花开、花开见佛可以是净土的往生西方，也可以是禅宗的明心见性。其实这两者究竟上是一致的。”

“次第花开，花开见佛”早已成为我们共同的心愿。此次在罗睺寺，意外见到与上师开示集书名契合的牌匾，弟子们都惊喜地感叹殊胜而奇妙的因缘！

大藏经阁殿门两侧各有红色大灯笼一只。殿门两侧有楹联，联曰：“八面开金莲庄严清凉世界，四方瞻宝相引发菩萨心华。”

大藏经阁的一楼大殿内正中砌高台一座，呈正方形，台上有盛大的红色莲花，高达丈余，八片莲瓣合围于外。花心内塑有四尊金色佛像，朝着四个方向，分别是释迦牟尼佛、阿弥陀佛、药师佛和弥勒佛。

莲瓣可以开阖，乃因高台正中，装有木制圆盘，上刻水浪图案，下设活动机关。雕刻精细的水浪之上，站立着姿态各异的十八罗汉，盘外塑二十四诸天。圆盘正中，是这朵红莲，花心里又伸出一支花

罗睺寺大藏经阁内的"开花现佛"，是五台山著名的圣迹

蕾，伸入二层楼内。

平时，朱红的莲瓣八方闭合。每逢盛大而隆重的节日，小喇嘛们会在地下室扳动转轮，圆盘就转动起来，十八罗汉和二十四诸天按照顺时针方向缓缓转动的同时，八瓣莲花徐徐绽放。此时莲中可现四佛，故谓之"开花现佛"，罗睺寺也因此闻名遐迩。前来朝山的信众，特别是蒙、藏佛教徒，千里迢迢赶赴这里，以能见到莲中如来为最幸运的事。

喜见肉身罗睺真身像

弟子们依然还沉浸在见到"开花现佛"金色牌匾的感悟之中，没想到尚有令人更加惊喜的事，就在我们的眼前。

大藏经阁是明清前的木结构建筑，朴素持重，沉静古典。上师来到阁楼前，只是看了“开花现佛”的匾额，却并没有先进入大殿，而是登上殿门旁边一个陡梯，来到藏经阁的二楼。弟子们也跟随着上师，鱼贯而上。适才，在楼下听到一位当地的出家人说，藏经阁二楼有罗睺寺的镇寺之宝——罗睺罗真身像，平时不向信众开放，所以知道的人不多，今天恰逢对外开放日。

二楼的殿堂略显昏暗，采光不是那么充分，但进到殿内还是能一眼看到北侧有一个精致的桃木佛龛，吸引着所有人的目光。朱红色的佛龛内供奉着一尊木刻罗睺罗像，身高约 80 厘米，通体贴金。罗睺罗尊者现沙弥相，头顶上有一个小小的肉髻。双目微合，两耳垂肩，神情肃穆，端庄威严，寂静之至。这尊精美绝伦的罗睺罗尊者像塑于两宋年间，年代颇久远，却历久弥新。

在唐代初期及中期，罗睺寺是大华严寺（现为显通寺）十二院之一的善住阁院。后唐时期，有印度普化大师巡礼五台山记道：“廿一日，登善住阁，礼肉罗”。唐朝时期，罗睺寺就供奉了一尊肉身罗睺罗像。后独立建寺，罗睺寺因此像而得名。在藏经阁的院子里，我们偶遇寺中的出家人蒋阳丹巴，他告诉我们，两宋年间塑了现在供奉的木刻罗睺罗像，肉身罗睺罗像就被封藏其中。

在《莲花生大士全传》第二篇的第十二章中有这样一段文字：传说佛陀的亲子，亦即密行第一的罗睺罗尊者，也曾化迹在五台山上。所以在五台山上有一首《赞肉身罗睺》的诗：

罗睺尊者化身来，十二年中在母胎。

昔日王宫修密行，今时凡室作婴孩。

端严肉髻同千圣，相好真容现五台。

能与众生无限福，世人咸共舍珍财。

在敦煌莫高窟中有关五台山的文殊菩萨的资料中也出现了这首

诗。敦煌地理位置在于阗（西域古国，即今新疆省和田县）和五台山之间，乃印度和西域佛教传入内地的必经之路，也是印度和西域僧人朝礼五台山的驻锡之地。因此莫高窟保留了诸多关于五台山的珍贵资料。由此可以基本确认这是一首唐以前的诗歌，而非后人所作。

综合各方的史料来看，可以认为，唐朝以前，罗睺罗尊者的化身曾来到五台山。他出生前在母胎中汲取祥瑞 12 年，长大以后成道，相好庄严，长出一个和其他圣贤一样的肉髻，为众生带来了很大的利益，示现圆寂后其肉身就被供奉在了这里。

罗睺寺的出家人蒋阳丹巴告诉我们，唐朝时期该地声名远播，就是因为供奉着罗睺罗真身之故。真身亦称肉身罗睺罗。历史上有很多印度行者不远万里特意来到此寺，都是为了朝拜罗睺罗尊者。到了明朝，也有很多高僧大德于此修行，华严大师李通玄正是在这里得到印度高僧指点而写出了智慧典籍《华严经通论》。清朝初年这里一度改为黄教寺庙。

在《大自在祈祷文》的念诵声中，上师把素净的纯白色和天蓝色哈达轻轻地环绕在尊者脚下，虔敬地向他顶礼，并俯下身子长时间地将额头抵放在佛龛上。这时天地万物寂静极了。随后，上师为弟子们诵读《随念三宝经》的传承。这部经可以让我们忆念三宝的功德，对三宝由衷生起信心与感恩之心。在藏地一些寺庙召开法会之前，全体僧众会一起念诵它。

有一张拍摄于在上师专注念诵《随念三宝经》传承时的照片，只见照片上罗睺罗像的胸前明显泛出橙红色光芒，非常吉祥。弟子们纷纷转绕、供养罗睺罗像并长久顶礼。一层大殿里“开花现佛”的莲花花蕾，一直延伸入二楼成为柱子，四周有 8 个木格合围而成佛龛，每个格子里都供奉着一尊金色佛像。离开前，上师也特意于此供养哈达，并再一次转绕罗睺罗像。

大藏经阁二楼的罗睺寺镇寺之宝——罗睺罗真身像

罗睺寺文殊殿内有楹联一副，对罗睺寺的历史因缘作了一些阐释，上曰：“寺号罗睺因有佛子行迹处，殿称文殊原为大士说法场”。文殊殿正中的佛台上供奉着文殊菩萨骑狮像。青狮横卧莲台，昂首竖耳，神情抖擞。文殊菩萨头戴宝冠，肩披璎珞绫罗飘带，结跏趺坐于狮背之上的莲台，左侧有善财童子相伴。正是这尊文殊菩萨像的塑柱，取材于之前提到的那棵经常有神光显现在树顶的老松的树干。

在大殿前随行弟子们围绕着上师，留下珍贵的合影。

从罗睺寺出来，上师慈悲关切地询问随行老年人的身体状况，鼓励他们，并安排所有的老人坐车前往善财洞。而他则欢喜地带领其他的弟子们徒步穿过清水河，登上了通往善财洞的青石板台阶。上师身姿矫健，步履轻盈，弟子们都有点儿跟不上。

访问罗睺寺的第二天，上师接到蒋阳丹巴发来的短信："堪布您好，我是昨天为您在罗睺寺作介绍的蒋阳丹巴。见到您觉得十分亲切，就像几百年前就曾相识，心中一直想给您顶礼。我至诚地祈愿，祝您弘法利生的事业广大圆满！"

由于行程匆匆，上师于每一寺中都只作短暂停留，蒋阳丹巴是唯一一位在这次朝圣过程中和我们一见如故、相谈甚欢的出家人。

25年前的奇妙因缘

1987年，在五台山驻留的二十几天里，上师除了在塔院寺听法王如意宝讲课及参加法王主持的其他法会活动之外，自己还于众多寺庙、佛塔前供灯发愿。那个年代，照相是件稀罕事儿，上师在五台山仅拍了两张单人照，一张在华觉江措活佛住过的慈福寺，另外一张，大家一直没猜到是在哪里拍的。这张留影上，年轻的上师手持念珠，目光坚定无所畏惧，流露出一种清净庄严、妙智圆满的气象。上师没有错彩缕金的华装，身上的衣服、披单与裙子都很旧，却反而显得很高贵。问及此事时，师父说："这件衣服买的时候就是旧的，裙子是哥宁活佛送我的，虽然它们满是补丁，我却认为它们非常珍贵，很有加持力。因为我穿着它们接受了法王如意宝很多的灌顶和传承，也穿着它们修行很多年。那时候我没有皮鞋，只有一双布鞋，前后都破损，变得像拖鞋一样。然而穿在脚上也很好，只要不掉下来就可以了。那时候因为只有一件衣服，洗衣服时需要先借一件。通常我都是去师兄白玛扎西堪布那里借。有一次，不小心把他的衣服弄脏了，我很紧张，反复洗了很多遍才还回去。那时生活看上去很苦，却特别开心，年少求学的日子是我一生中最开心的时光。”

在所有青年时代的留影中，上师对这张照片喜爱有加。据上师回忆，当年大家追随法王如意宝朝礼五台，不同地区、不同寺庙的人都是结伴而来，分住在山里的不同寺庙中。有一天，新龙地区某个寺庙的出家人特地欢喜前来，请上师一起去拍照留念，因为他们在喇荣五明佛学院学习时就与上师相交甚好。除了师兄们一起的合影外，他们还特意为上师留下了一张单独的相片。很久以后，这张格外珍贵的照片才辗转送到上师手中。

然而这张上师偏爱的照片，却一直无人知晓摄于何处。上师自己也印象模糊，只说他当年并没有留意，那时一起拍照的道友们也都各奔东西了。仅从照片上的石碑和后面的建筑也无从判断到底是哪座山哪座寺庙。

这次朝礼五台山后，弟子们很想知道拍摄的确切地点，想要写进朝圣纪行中。为了保证记述的准确和完整，登嘎堪布等人多方辗转打听，曲曲折折，才终于找到当年新龙地区该寺庙随法王如意宝朝礼五台山的一些道友，根据他们共同的回忆，证实了他们当年在五台山所住之处就是拍照留影的地方，就是在罗睺寺！

又一个巧合。原来早在25年以前，年轻的上师就已经来过罗睺寺并留下了珍贵的法照。诸法依缘起，诸多缘起中，《次第花开》是一个上师如海一般广大的弘法利生事业的重要缘起。开花现佛，正是，果然，花开，佛现。

1987 年希阿荣博上师这张法相的拍摄地点，正是罗睺寺

行程 12
Journey Twelve

上善财洞——供奉善财童子之地

黛螺顶山腰间清泉流淌，秀水河畔巍然陡峭的山崖上有一石洞，高约 3 米，深约 5 米，大小正好适合闭关修炼。洞内供奉的是善财童子，因洞建寺，寺以洞名，即上善财洞（本书所说善财洞均指的是上善财洞）。悬崖绝壁上，溪流蜿蜒间，苍松翠柏，千年古刹，肃然挺立。站在这里，纵观五台，真可谓“一声长啸乾坤外，五顶生风月影寒”。善财洞分上下两院。洞口有木结构的殿堂，殿堂上有题名额匾。

殿堂左侧旁开小门，再往前探行不远就是清凉尸林。尸林所在的山坡上穿插着五色经旗，从不同的方向聚到一起。色彩缤纷的经旗点缀在郁郁葱葱的树丛中，非常好看。

殿堂右侧有寺名曰金界，前面耸立着两株古老的松树，面向台怀镇。唐代时金界寺是华严宗道场，清朝成皇家寺庙。据记载，这里是瑞相频现之地。可考《清凉山志》，宋代名相张商英于此“屡见神物”。1987 年法王如意宝莅临五台山时，曾于金界寺塑了很多佛像，主要是德巴堪布带着僧众完成的。

上善财洞始建于清康熙年间。建寺时，于此洞中掘出文殊菩萨、弥勒佛、善财童子三尊铜像。现存善财童子铜像高约尺许，两眼炯炯有神采，一派天真无垢染，是为唐代遗物，非常珍贵。

洞外有长条型空地，以不规则石板铺就，外侧围有栏杆，栏外即是凛凛山崖。上善财洞在地理位置上正对台怀镇，要说善财洞并不算太高，但却能将台怀镇尽收眼底。远处的大白塔和菩萨顶隔着苍茫绿意遥相辉映，格外醒目。连成片的庙宇群落掩映在苍山青黛间，翠树连成林海，深深浅浅的绿色渐变分布，仿佛是神笔晕染出的水墨画。即便在这般阳光灿烂的日子，感觉也是香烟缭绕，神秘莫测。

上师刚到殿前，土登师父就捧来一笼小鸟，轻声说："加持一下。"上师加持以后，便把小鸟拿到山崖旁放生了。几乎所有小鸟们都冲出樊笼，飞入山林。唯有一只与众不同，它的方向相反，掠过在场众人，径直飞入善财洞中，此后亦未见飞出。

上善财洞洞口以砖石砌成一个圆形的拱门。拱门周围有木制的架子，架子有 5~7 层高，放满了 10~15 厘米高的善财童子铜像。架子顶端接近屋檐的地方还有一尊较大的善财童子铜坐像，身体金色灿烂微微前倾，双手合十，俯视着殿堂里的一切。

上师微微弯腰颔首，久久地站在洞口，凝视着洞内的事物，然后轻扬手中金黄色的哈达，哈达缓缓飘落在童子身上。殿外弟子们陆续到来了，热热闹闹地忙碌着。然而在殿内，这一刻的上师身边，万物静默岑寂，时间仿佛停止，上师的背影透出一种力量，难以描述，让人只看一眼便会有所觉察和感悟。一定是因为上师的身影和动作是诸佛菩萨身的化身，所以才有这样的力量，见者解脱。

弟子们都很有体会，上师爽朗的笑声会让自己的心情豁然开朗。一位上海的弟子说，见到上师之后，在很长的日子里，上师的笑声一直在她的耳边。而在整理上师开示时，弟子发现有的句子无论怎么样写都不如上师原话；上师有一些习惯使用的词语，读起来都有不一样的心理感受，所以在工作中轻易不敢修改上师的金刚语，尽量保持了上师所用的句式和词语。正是因为上师也是诸佛菩萨语的化身，所以才有这样的力量，闻者解脱。

上师证悟法身之金刚意和诸佛菩萨没有分别。在修行路上，没有比来自上师的意传加持更为重要的，所以我们修上师瑜伽，在心里忆念他。上师乃诸佛菩萨意的化身，对我等愚笨弟子来讲，上师不仅仅是诸佛身语意的化身，他对我们的恩德超胜诸佛。所以其实真的不用讨论上师和罗睺罗尊者的殊胜因缘，一切就这样简单。

善财洞的殿堂不大，刚够容纳师父和随行的僧众于此诵经、顶礼。上师在诵经的时候，轻轻地在洞口点上一排酥油灯，光影游弋中，上师的眼睛又有些湿润了，晶莹的泪水映着灯光。

在做莲师会供前，上师为我们开示了法王和善财童子的殊胜因缘，几位极其重要的大圆满传承祖师修行的历程、他们的功德与成就，以及他们在善财洞和清凉尸林留下的足迹。

“1987 年法王莅临五台山最主要的地方之一是这里。法王在善财洞闭关 21 天，现量见到文殊菩萨，并是在这里写下金刚道歌。大圆满祖师西日桑哈学习显密教法 7 年是在这里，后来观世音菩萨授记让他到印度依止文殊友，学习大圆满 25 年又回到这里。布玛莫扎按照金刚萨埵授记来依止西日桑哈，依止的地方在这里。9 年得到窍诀部内、外、密的口耳传承，回到印度继续修行，同时他把西日桑哈的功德告诉嘉纳思扎。嘉纳思扎又来到这里，依止西日桑哈 25 年。西日桑哈祖师把所有的大圆满教法和经函法本都传授给了他。他回到印度，为布玛莫扎传授了大圆满教法所有的灌顶和窍诀。布玛莫扎后来虹光身成就，100岁时被赤松德赞迎请到西藏，弘扬大圆满。在西藏13年之后，弘扬了无上大圆满，布玛莫扎来到五台山，居住在前几天我们去过的金刚窟里。他发愿每100年去藏地一次。他们都是大圆满托噶修行的成就者，成就之后肉身转化为光蕴身。在成就者中，莲花生大士直接飞到邬金刹土，将永远都不示现圆寂，而布玛莫扎则在贤劫千佛成佛之后，于印度金刚座示现成佛，后示寂。旁边的清凉尸林也是西日桑哈把身体消融于法界，示现圆寂的地方，一会儿我们会去。

"善财洞非常殊胜，不仅法王如意宝于此闭关。大圆满传承祖师西日桑哈、嘉纳思扎、布玛莫扎、莲花生大士，毗卢遮那都曾在善财洞闭关修行。"

法王如意宝行迹

法王和善财童子的因缘不可思议。在法王如意宝为救度有情而慈悲应化的无数次转世中，他示现了各种不同形象，曾经一世为善财童子。善财童子在善财洞文殊菩萨面前发无上菩提心，并按照文殊菩萨的教诲，参拜了110位善知识。

根据法王如意宝的回忆，善财童子也曾到鸡足山拜谒弥勒菩萨，后忆念文殊菩萨的恩德，得文殊菩萨摩顶加持，按文殊菩萨的教导，拜见普贤菩萨。在普贤菩萨座下，善财童子智悲圆满行愿功成。

法王如意宝和善财童子的因缘不可思议。他老人家依然能够回忆起，当无著菩萨在鸡足山修行时，法王的前世大悲铠甲与文殊菩萨化身的智慧铠甲常常一同前去给他送些干粮。

1987年法王如意宝来到五台山后，一直住在菩萨顶。进入藏历

1987 年朝礼五台山期间，法王如意宝刚搬到善财洞，突然来了 7 个听法的孩童

四月后，有一天早上为很多的信众传法，到了下午，没有计划，毫无准备地搬到了善财洞。到后不久，突然来了 7 个面容清秀、穿戴朴素却干净整洁的孩子，其中 6 个小女孩儿和 1 个小男孩儿。他们在法王前双手合十，专注而恭敬地聆听了佛法，之后就消失得了无踪迹。没有人知道他们从哪里来，又去向何方，都感到此事很奇妙。随后法王在洞中闭关 21 天。

一天，在善财童子洞里法王对弟子说："我曾经在梦中三次游历五台圣地。其中一次，我在中台金刚寺附近的一棵树下发现了一尊破损的文殊菩萨石像，现在你们去中台找找看。"法王的弟子们立即前往中台，果然在金刚寺附近的一棵树下发现了一尊文殊石像。后来带回学院，现供奉在心宝山的文殊殿里。

藏历四月二十九日，也是麦彭仁波切示现圆寂的纪念日。那一天，于清净的显现中，法王如意宝清晰了然地现量见到三世诸佛智慧的本体文殊菩萨。文殊菩萨以寂静相显现，身体金黄色，头戴五佛冠；右手举宝剑，左手持经函；金刚跏趺坐，圆满报身装。法王如意宝十分欢喜，信心倍增，随即唱出《亲见文殊菩萨时发愿之金刚道歌》。法王唱道："我像一个无依无靠的孩子渴求见到自己的母亲，日日夜夜渴望见到您。今日我与数以万计的弟子，不远万里，从遥远的藏地来到这里，就是为了找寻您的身影……"道歌最后有以下的偈颂：

见此当现悲智威猛力，并将二取轮回迷乱相，
如从沉睡梦中觉醒般，消于平等法性大乐中。
您是承担诸佛事业者，往昔数多劫前已选定，
祈求无垢佛法日月光，普照有情虚空福遍天。
倘若我为利益无量众，发誓虚空未尽勤精进，
当成一父同等殊胜位，迅速获得究竟求加持。
从今乃至生生世世中，与尊者您不离一刹那，
遵循普贤广大行愿王，一切真实义果愿现前。

在文殊菩萨面前，法王如意宝立下誓愿：生生世世度化沉溺于痛苦无边轮回中的一切苦难众生，使他们摆脱业惑的枷锁，获得无上的安乐，趋入究竟的法界。在善财洞，法王如意宝留有一张珍贵法照。法照上法王跏趺端坐于洞中，身后石壁上供着佛像。他面容略显消瘦，嘴微微张开，抬眼注视着虚空，双手执持一个小佛像，还在光明境界中。

法王于光明境界中亲见文殊菩萨后，弟子们将《亲见文殊菩萨之金刚道歌》以藏文、蒙文以及汉文三种文字缮写在该洞内，并在洞中塑了三尊像。中间的是文殊菩萨，两侧分别是善财童子和法王如意宝，这尊法王像的坐姿，就是法王见到文殊菩萨时的坐姿。法王

如意宝当时亲口说过，在洞前好好发愿，从此以后行持善法，永不作恶，这样可以把自己的功德融入到文殊菩萨、善财童子和法王如意宝的功德海中，直至成佛永不灭失。

1987年，法王如意宝在善财洞

典故：西日桑哈祖师的修行历程

西日桑哈祖师诞生于汉地秀夏洲。秀夏洲是古代地名，具体位置尚未有准确的说法，一说在陕西西安附近。15岁时，他去汉地菩提树寺，跟随哈芮巴拉学习3年，通晓了五明。

一日当他骑着骆驼向西朝着金洲城行进时，在净相中亲见观世音菩萨。于虚空中观世音菩萨对他说："善男子，如果你真想得到悉地之果，在天竺有城名曰索萨洲，你应去那里。"西日桑哈祖师非常欢喜，但心想："我应先修学完整的外密和内密续部，如此我将可以更好地领会最殊胜法门。"他来到五台山，用了7年时间跟随贝拉格底上师修学完整的外密和内密续部。他受戒成为比丘，并在30年中严持具足戒。观世音菩萨再次现身重复了先前的授记。西日桑哈祖师想，最好运用神通前去，以避免路上出现障碍。于是他修持仪轨3年并得到神通，使他可以离地大约两尺，像风一样行进。以此方式，他来到索萨洲，在文殊友那里求法并修持25年。

根据《空行宁提》和其他资料，西日桑哈祖师也曾去了施达瓦那尸陀林并直接从极喜金刚处得到心滴法门，而且后来他将这些法门传给了莲花生大士和毗卢遮那大译师。

随后文殊友示现圆寂，证入涅槃，他的色身在索萨洲城中央的尸林中的塔顶上消融。虚空中充满音乐与彩虹。西日桑哈祖师悲哀地祈祷："呜呼哀哉！大虚空！金刚上师光若隐，世间黑暗孰能除？"

此时，文殊友现身空中，伸出右手，将一个指甲大小的宝箧置于西日桑哈祖师掌中，在宝箧中西日桑哈祖师发现了文殊友祖师用百种宝物之墨写于五宝金属之叶上的遗教《贡年珠巴》（《修定六受》）。

西日桑哈祖师从此对自己的证悟不再有任何疑惑，并无碍通达了最胜密续的句与义。他将文殊友伏藏于菩提伽耶金刚座下的经函取出并返回汉地。

在汉地，他将大圆满窍诀部法门分成外、内、密、极密四类。他将前三类定名为有戏法门，并将其伏藏于汉地菩提树附近寺院的阁楼里。极密类心滴法门他则随身携带形影不离。后来按照空行母指示，他将此法门伏藏于扎西智果并将其托付给大圆满护法一髻佛母。此后他住于汉地斯晋尸林享受密行之乐，成为当地诸多勇士和空行之上师。

西日桑哈祖师给予布玛莫扎大圆满窍诀部外、内、密三类法门的口耳传承。他将窍诀部所有的四类法门的口耳传承与法本经函传授给嘉纳思扎，并给他传了窍诀部的导文讲解和所有四类灌顶。

随后西日桑哈祖师消融于光蕴身，他的遗教《泽唔顿巴》（《七钉教言》）降落于在嘉纳思扎手中。

典故：嘉纳思扎祖师的修行历程

嘉纳思扎祖师生于东天竺的一个首陀罗种姓家族。他成为智者并在菩提伽耶与五百班智达住在一起。五百班智达中有布玛莫扎，由于前世的因缘他们的关系非常亲近。

一天嘉纳思扎和布玛莫扎到菩提伽耶以西两里处避暑，此时金刚萨埵现身虚空中对他们说："善男子，你们曾五百世转生为班智达，但尚未证得佛果。如果你们想于此生证得能将肉身消融的正等觉，就去汉地菩提树附近的寺院吧。"

布玛莫扎马上动身来到汉地，得到了大圆满窍诀部外、内、密三类法门口耳传承后返回天竺。他和嘉纳思扎再次会面。他告诉嘉纳思扎，他向西日桑哈求法和修行的经过。

随后嘉纳思扎也去了汉地。他以神通力在一天内就越过了通常须走九个月的路途。当他来到汉地菩提树附近的寺院时，遇见一个手里提着满满的一瓶水的美丽女孩。女孩嘱咐他去扎西智果寺。当他来到这座规模宏大金碧辉煌的寺院，一个空行母吩咐他去斯晋尸林。他去了尸林，见到西日桑哈，在骷髅寺里献上供养请求上师传法。在9年的时间里，西日桑哈祖师传给他大圆满窍诀部外、内、密三类法门口耳传承，并于菩提树附近寺院中取出已经伏藏的相关经函法本，将这些经函法本付嘱给嘉纳思扎。

嘉纳思扎非常欢喜并打算离开。西日桑哈却说，"甚深法门尚未传授。"于是他再次向西日桑哈求法。在扎西智果寺，西日桑哈传授了嘉纳思扎完整的有戏灌顶，并在接下来的3年中讲授极密类法门。但西日桑哈并没有给他经函法本，只说时机未到。

此后在一个废弃的城市里，西日桑哈传授他无戏灌顶。当嘉纳思扎祖师在果萨山顶完成了一年区分有寂的前行修习后，西日桑哈给他传授了极无戏灌顶，嘉纳思扎祖师心中生起了无上殊胜的信心。接着修习了1个月后，嘉纳思扎和西日桑哈在一起又待了16年，修习禅定并遵守密乘戒。

西日桑哈祖师常常举止神秘，在尸林里游荡，将自己变成各种身形，与空行母和令人恐惧的有情打交道，没有丝毫畏惧。

其后西日桑哈祖师应离国巴晋国王邀请，骑着白色雄狮，坐在由6个年轻夜叉打着的三层伞盖的丝帐里，从空中去赴约。他离开后第七天早晨，空中听到一声巨响。嘉纳思扎朝虚空中望去，看到上师坐在一片虹光中。嘉纳思扎意识到上师的色身已经消融了，经过祈祷，西日桑哈的遗教《七钉教言》落入他的掌中。

西日桑哈祖师还给他授记指示："极密类心滴法门的经函法本伏藏在扎西智果寺的柱子中。将它们带上，去巴森尸林。"于是嘉纳思扎取出经函法本并去了最美丽也是最令人怖畏的巴森尸林。此尸林位于菩提伽耶以东。当嘉纳思扎在那里行持密宗禁行并给空行母传法时，也在行持密宗禁行的布玛莫扎从空行母处得到授记后，来到尸林见嘉纳思扎。嘉纳思扎给他传了大圆满窍诀部的所有四种灌顶和法门，并将经函法本付嘱给他。

此生最后时刻，嘉纳思扎证得了色身消融的虹身成就。当布玛莫扎悲伤地祈祷时，嘉纳思扎现身于虚空中，并授予布玛莫扎他的遗教《四安住法》。

莲师会供，传承《上师瑜伽》

"大家念法王如意宝的祈祷文，供灯。我们先做会供。"上师转身进入殿内，莲师会供开始了。僧众会供所用仪轨《与七句祈祷文相属之会供》收录在《显密念诵集》第二册中。一些弟子站在殿门口，双手合十，虔敬地念诵法王祈祷文；另外的弟子则忙着在大殿的月台上、栏杆内侧等可能找到的平台上点酥油灯。

师父和僧众念经的时候，聪达喇嘛用心地把会供的食品拿出来，放一部分在殿内洞口的供桌上。过了一会儿，土登喇嘛和聪达喇嘛给大家拿来很多加持过的食品，一一分给弟子们。

围绕在上师身边的弟子们都很和谐，在殿外嬉笑言欢，非常热闹和开心。与此同时，殿内却是另外一番景象。有一阵子，上师和僧众悠然安住，殿外喧闹的声音好似空谷间的回响或者雨后的彩虹，没有什么实存的本质，对僧众的安住没有带来任何干扰。

会供毕，上师转过身来，把坐垫垫高一些好让弟子们能够看到他。弟子们如往常一般，安静地围坐在殿前。上师开示道：

上善财洞，希阿荣博上师为弟子们念诵《上师供修法仪轨》和《上师瑜伽速赐加持》的传承

“我们是法王如意宝的传承弟子，因此和善财童子的因缘非常特殊。在这个殊胜的地方，由于殊胜的缘起，今天我给你们念诵《上师供修法仪轨》和《上师瑜伽速赐加持》的传承。两个仪轨都已译成中文，收录在《显密念诵集》第一册中。法王的上师瑜伽是法王如意宝在五明佛学院的南山闭关时从境界中流露出来的。做功课的人都应该知道，法王的上师瑜伽和《上师供》里涵盖了大圆满的所有的窍诀，特别殊胜。弟子们把《上师供》当成上师瑜伽修也可以。法王在南山讲大圆满实修的时候曾经说过，修行大圆满一定要修行《上师供》。”

随行弟子们都能看出来，上师念诵时，依然沉浸在对法王如意宝深切的思念中。上师的心远离一切戏论，恒时安住于大悲空性的境界，显现上却隐忍、慈悲而柔软。他对法王的情感真挚深厚，超越言思。上师 25 年前于此依依惜别法王如意宝，法王便是在善财洞为他传讲了大圆满窍诀，之后上师就带着对法王的留恋与不舍，悲伤地离开了五台山。而更早的时候，同样是在这里，当西日桑哈祖师消融于光蕴身时，嘉纳思扎悲伤地祈祷：“金刚上师光若隐，世间黑暗谁来除？”善财洞的殊胜和加持力是否也因为它承载了太多大圆满祖师的离别和泪水？

当上师开始念诵传承，圆满的光环出现在太阳周围。圆光的色彩和昨天相比淡了许多。淡彩的圆光让天空添了几分肃穆凝重，少了几分欢快活泼，仿佛被上师对法王的思念所感染。圆光是文殊菩萨的显现，与上师心灵相应。正如上师所说，文殊菩萨一直和我们在一起，一秒钟也不曾离开过。

上师座前增加了几位从色达喇荣五明佛学院赶来的出家人，其中一位胡须鬓角都已发白的老喇嘛尤为虔诚。他对法王如意宝的信心特别大，找到上师希望求法王的上师瑜伽传承。在善财洞，在上师座前，他发愿念诵法王祈祷文100万遍，赢得一片随喜赞叹声。

传承以后，上师又带着弟子们一起修法王如意宝的上师瑜伽。因为上师对法王如意宝深切思念，弟子们的思绪又回到25年前的春天。

那一年五台山的春天生机盎然特别美丽，上师却无法久留。遵照法王如意宝的嘱咐，他必须提前结束朝圣，返回家乡以继续处理有关当地寺庙整顿的事务。临行前，正在善财洞闭关的法王特别恩准年轻的上师与自己单独见面。

走进善财洞，年轻的上师见到法王如意宝，像以往一样诚惶诚恐，只是这一次情境不同，心境也不同，离别的惆怅深深困扰着他。恭敬顶礼后，上师向法王简单汇报了自己的行程计划与此次回乡应对问题的办法。法王认真听完后，以手示意，让上师来到近前。想到即将要和自己的大恩根本上师分开，念及法王如意宝的慷慨和慈悲，遥知此行注定的责任与艰险，年轻的上师潸然泪下。他虔诚地跪下来，把头轻轻靠在法王的膝盖上，即刻感受到温暖的加持从头顶注入全身。法王就那样一直把手放在他头上，温柔地抚摸、安慰。这是他老人家的习惯。自从上师来到五明佛学院，法王每次见到这名心爱的弟子，都会把他轻唤到身边，用手抚触他的头，长时间慈爱地看着他，喃喃地叨念：“我的好弟子，我的好弟子！”在温馨而强烈的觉受中，弟子的心与上师的心融为一体。

那日在善财洞，法王如意宝特别向上师传授了大圆满修法的甚深窍诀。临别时，还把自己的甘露赐给上师。这是上师所得法王恩赐品中最为珍贵之物，至今仍小心珍藏，不肯轻易示人。离开之前，除路费外，上师把所有的钱财悉数供养了法王如意宝。

正如究竟意义上文殊菩萨是我们的觉性，从来也未曾离开过我们一样，法王如意宝也从未离开过。法王一直都和上师在一起，他们生生世世永远都不会分开。

善财洞上师再开示

上师接着开示：

“上午的朝圣已经圆满了，希望大家要努力坚持显密教法的闻思和修行。这次在那罗延窟给大家传授了文殊身语意灌顶，在西台山洞传授了莲师身语意灌顶，所有参加的人都已是受了密乘戒的弟子。清净的戒律是一切功德的根源，是获得暂时和究竟解脱的基础。得到灌顶之后，比灌顶更重要的是护持密乘戒律，这是每位密乘弟子必须遵守的。

“佛经上说，来五台山朝圣一定可以见到文殊菩萨。你们一定已经见到了，昨天在中台和西台，今天在善财洞，所有的彩虹和祥云都是文殊菩萨的显现，表明我们已经见到了文殊菩萨。有信心的话，可以清净无始以来的很多业障。

“依止善知识非常重要，嘉纳思扎和布玛莫扎得到金刚萨埵的授记：‘你们两个500世转成班智达，也没有真正见到心的本性。一定要去东北的汉地依止西日桑哈祖师。’得到了所有的大圆满教法后，他们后来都获得了虹光身成就。所以找到一个具德上师非常重要。

“《寂静之道》中提到，末法时期和我们自己的业力有关系，虽然如续部经典中所说具足一切功德的上师极为难得。具德的上师是指密乘戒律清净而且真正亲近过本尊的上师。法王如意宝以前也讲过，真正能够讲大圆满窍诀的上师非常少。

“此外，因缘也很重要，对和自己有缘的上师，信心不一样，在信心中还有一种亲近感。没有信心的话，真正的佛来到眼前也没有办法度化。

“我依止法王如意宝之前有很多上师，对他们也很有信心，否则也不会去求灌顶和传承。在依止法王如意宝之后，也有很多上师，对他们也都很有信心。但是因为前世的因缘，我对法王还是有不共的信心，和别的上师不一样。因为前世的因缘，提到法王的名字……今天真的没有办法讲。”

上师于此稍作停顿，不少弟子低头掉泪。

“我的意思是，即使是具德上师，因缘不同也不一样。米拉日巴原来依止大圆满上师绒敦拉嘎，一位具德的上师，但是他也没有办法度化米拉日巴。他对米拉日巴说：‘你去找马尔巴大译师，他和你有前世的缘分。’因为前世的因缘，米拉日巴一听到马尔巴的名字，全身汗毛竖立，热泪盈眶，立刻生起无上的信心。所以找到具德上师，自己有信心很重要。没有信心的话，具德上师不用说了，真正的佛来到面前也没有办法了，以前举过很多例子，今天不用再多讲。

“这次朝圣来的很多人，有的是一家人，有的是同事，常常在一起，将来和睦相处特别重要。藏族人是这样的，一起去拉萨朝拜过的兄弟比自己的亲生兄弟还要重视，还要有感情。我们一起来到真正的人间清净刹土朝圣，不仅如此，还在一起获得很多显密灌顶和传承，是真正的金刚兄弟。将来家里人或者同事之间，即使大家想法不一致，也不能生气，尽量避免起烦恼和嗔恨。如果生起烦恼，行动上面也一定要避免诽谤自己的金刚兄弟。一旦对自己的金刚兄弟产生不好的念头就一定要马上念诵百字明，应用四对治力，好好忏悔。

“旁边的清凉尸林很殊胜，这里也是西日桑哈示现圆寂的地方。可以把自己的指甲和头发留在这里。到了那边以后，让僧众帮我们念一下古萨里和破瓦法。

“今天真的没有办法再多讲。想起以前和法王在一起……

“没有关系，我们安住一下。开悟的人可安住在自性中。没有开悟的话，希望自己今生能够证悟大圆满，于此意念中安住也可以，安住在空性的定解中也可以。我们大家一起安住一下。”

霎时间，一切岑寂非常，偶尔有鸟鸣声回响在空谷。一朵狮子祥云从上师右侧的古老松树后面轻轻地爬上天际，在上师安住于大悲空性境界时一点点慢慢伸展开来，衔接着青山万重。像是虚空中的回声和云彩一点儿也不影响虚空本身一样，些许忧伤也不影响上师安住。如云：“空性的虚空中，大悲的妙力任运行持。”是为非常殊胜吉祥之缘起。

“今天的缘起非常殊胜。很多人认为我是罗睺罗尊者的化身，这是不可能的事。原来札熙寺有一位高僧索南嘉措活佛是罗睺罗尊者的化身，而我被认为是索南嘉措活佛的转世。另外有授记说，扎西持林兴盛的时候会有圣者罗汉在这里弘扬佛法，利益众生。因为这个巧合的缘起才有这样的说法。

“真正的罗睺罗尊者和释迦牟尼佛祖没有区别。佛经也有了义和不了义之说，不了义佛经是为了利益众生而说的。萨迦法王和我从来没有见过面，他撰著的住世祈祷文里，说到很多的印藏大德的化身是我，这应该是不了义的。我没有这么功德圆满。高僧大德可能有密意，可以更好地利益众生所以才这样说。

“早上从菩萨顶下来时去了罗睺寺，得知那里供奉着罗睺罗尊者化身的真身。平时不开放的藏经楼今天开放了，我们有幸朝拜。这尊像以后很多人会知道，也会有很多人来朝拜，能够利益很多众生，这是很好的缘起。

“这次朝圣非常圆满，我们师徒的关系也特别亲密。将来也可以依止其他善知识，只要在心里不舍弃就可以。从现在开始，大家能否尽快修一遍五加行，这是很重要的。修完之后，在其他善知识面前求大圆满法也可以，因缘聚合的话，我们师徒之间传授大圆满也是有可能的。所有的大圆满传承上师都强调，包括法王如意宝，求大圆满一定要修完五加行才可以。要想真正修大圆满必须先修五加行，才能求大圆满和窍诀，这是非常重要的。

“刚才已经说了，这次来的人都是非常亲的金刚兄弟，比这再亲近的没有了。世俗间都很重视同学，每年相聚。我们佛教徒也应该相聚，团结和睦很重要。聚会时吃饭并不重要，共修应该很殊胜。前几天从北京出发时我也说过，如果当地的弟子们不团结，我可能不一定会再去。

“弟子们自己有什么心愿，一定要好好发愿，发心清净的话，愿望一定能够实现。”

行程 13
Journey Thirteen

清凉尸林——西日桑哈示现圆寂之地

上师带领随行弟子们穿过上善财洞旁的小门，走过一个和缓的矮坡，来到五色经幡汇聚的一棵幼松旁。周围散落着很多年代古老的墓碑，在阳光下无声无息地躺在灌木丛中，似乎和光阴荏苒没有任何关系，多少年来都静默如是。一位弟子和上师说心中有些害怕，上师说，不用害怕，如果我们将来能够在这里往生，一定是有很大的福报。五台山的清凉尸林和印度的八大尸林有同样的功德，是圣地中的圣地。

上师在一个高处就座，大家随即围绕着上师，在灌木丛中低垂的经幡之间，席地而坐。20多年前，法王如意宝也带着弟子们来到这里，留下一张珍贵的照片。弟子们围坐在地上。虽然没有经幡，他们的红色衣服掩映在树丛和灌木丛中也非常好看。

上师开示道：

"善财洞是历代传承祖师闭关过的地方，西日桑哈、嘉纳思扎、布玛莫扎、莲花生大士、善财童子在山洞见到文殊菩萨。而真正依止的地方，比如嘉纳思扎依止西日桑哈二十几年，最主要是在清凉尸林。最后也是从这里，西日桑哈示现圆寂成就佛果。清凉尸林确

1987 年法王如意宝朝礼五台山来到清凉尸林

实特别殊胜，加持力很大，和印度的八大尸林一样。自己亲自来了不用说，很殊胜。将来自己或者自己的亲人和朋友去世的时候，把一点指甲、头发或者骨灰带到这里，对他们的解脱也有很大意义。这是因为无上大圆满中有闻解脱、见解脱、系解脱等其他法门中没有的内容，具有不可思议的加持力，非常殊胜。大圆满的法门在到西日桑哈之前都是单传，西日桑哈传的人多一些，主要是给了嘉纳思扎、布玛莫扎、莲花生大士他们三个人。很多这样殊胜的传承是发生在这里。我们大家一起简单念诵破瓦法和古萨里法。修断法可以帮助行者断除烦恼和我执，迅速积累资粮，获得成就。”

堪布阿琼仁波切在《前行备忘录》中有关于破瓦法的教言，针对最初没有机会求得正行就突然出现障碍、无常或死亡的修行者，或者求完正行之后不具足即生解脱、临终解脱、中阴解脱之修行境界的修行者以及修道没有得稳固者，就要依靠破瓦法来延续道的修行。这个方法如同一个水渠中断后，用另一个水沟或容器把它连接起来，此窍诀法就称之为破瓦法，也叫迁识往生法。

“古萨里”是乞丐之义。古萨里法也即施身法或断法，意思是舍弃现世的、住在山里闭关的修行人无法获得除了自己的身体之外的可以用来积累资粮的受用，因而依靠观想供施自己的身体的方法来积累古萨里资粮。我们辛辛苦苦所积累的一切物质是为了滋养自己的身体，我们珍爱自己的身体胜过其他一切受用，所以为了解脱对五蕴的执着，而进行供施身体的修行比供施其他物质更殊胜、功德更大。益西措嘉佛母的化身，西藏伟大的女性修行者玛吉拉准说：“无贪施身体，未知为二资，珍爱蕴身体，佛母前忏悔。”

巧合的是，上师被哥宁活佛认定是自己的父亲索南嘉措尊者的转世，而在伏藏大师的授记中，索南嘉措仁波切的前世中有一世是玛吉拉准空行母之意子加瓦顿珠。

大家取出课诵集，跟着上师念诵起来。声音回荡于山谷，音调韵律俱佳。后又诵《普贤行愿品》。

结束前，上师又叮嘱道：“今天上午的朝圣已经圆满了。希望弟子们快一点能够修一遍五加行，如果因缘具足的话，有可能能给你们传授大圆满的灌顶和窍诀。能够尽快修一遍五加行的弟子们请举手。”弟子们纷纷举手，上师很欢喜，指着一位老喇嘛对大家说：“他对法王特别有信心，一生都希望见到法王如意宝，但是没有见到。今天在善财洞前，他发愿要念诵100万遍法王祈祷文。弟子们也要经常念诵。”

僧众唱诵着吉祥偈，我们圆满了第四天的行程。临行前把自己的指甲和头发撒在灌木丛中。

希阿荣博上师在显通寺的千钵文殊佛像前诵经祈祷

第五天

藏历水龙年五月十七日
阳历二〇一二年七月五日
清凉寺　大黛螺顶　显通寺
文殊发塔　佛母洞

旅游小贴士

清凉寺

清凉寺因著名的文殊圣迹“清凉石”而得名。据传此清凉石为文殊菩萨向龙族借来的，龙族耕云布雨之后浑身发烫，一躺在这块大石头之上，立马清凉舒爽。文殊菩萨曾于清凉石上讲经说法，因此也称“曼殊床”。原寺建于北魏孝文帝时期，规模宏大，今寺是 20 世纪 90 年代重修。

黛螺顶

黛螺顶位于台怀镇中心寺庙群区以东，陡峭的半山脊上。从山下仰望，只见巍巍高山的半山腰间又耸起一座小山，形如大螺，盛夏草木萋萋，一片黛青，故山顶寺宇名为大螺顶，又称黛螺顶。寺庙始建于明代成化年间，寺内还有乾隆十五年（1750）御制的大螺顶碑记。

显通寺

显通寺是五台山规模最大历史最悠久的一座寺院，与洛阳的白马寺同为中国最早的寺庙。此处也是五台山五大禅处之一和全山寺院之首。显通寺前的钟楼里有五台山最大的铜钟——长鸣钟，钟的表面刻有一部万余字的楷书佛经。

文殊发塔

文殊发塔在塔院寺方丈院后边，与方丈院仅一墙之隔。塔的形状和大白塔相仿，但没有大白塔高，也不像大白塔那样雄伟，它的高度仅 6 米多。相传此塔内藏有文殊菩萨显圣时遗留的金发，所以又称文殊发塔。

佛母洞

佛母洞又称千佛洞，坐落在南台东南支脉接近山顶的地方。佛母洞分为外洞和内洞，大洞套着小洞，内洞天然酷似人体腹内形状。世人入洞即为“投胎佛母”，受其恩育；出洞即为“佛母重生”，脱胎换骨。

清凉寺

黛螺顶

显通寺

文殊发塔（右）

佛母洞

行程 14
Journey Fourteen

清凉寺——传说中顺治皇帝的出家之地

1987 年上师跟随法王来朝拜清凉寺的路上，途径九龙岗景区时，曾到竹林寺看望确吉尼玛活佛。当时活佛和他的家人、僧众一起暂居于此。上师和确吉尼玛活佛是非常亲近的金刚兄弟，他们在竹林寺留连数日。

那时确吉尼玛活佛带领僧众在竹林寺塑了很多佛像，包括文殊菩萨、莲师、菩提萨埵、赤松德赞、米拉日巴和伏藏大师仁增格尔登等。其中米拉日巴的塑像栩栩如生，非常传神，令上师于今仍然记忆犹新。

清凉寺位于中台顶西南部的清凉谷，海拔 1800 米，两侧峰峦挺拔，山上松柏密布，谷中流水潺潺，远天白云飘飞，山间雾气回澜。即使在炎炎夏日，这里依然是林荫蔽日、空气湿润的清凉世界。谷之南有庙宇依山傍壑，即清凉寺，乃是五台山最早的寺庙之一。传说，这里是顺治皇帝的出家之地，故而乾隆皇帝对这里非常重视，曾经 5 次到清凉寺朝拜。清凉谷北延有清凉泉，水寒而澄澈。

寺中立有清凉石，长 5 米，宽 2.6 米，厚 2 米。石面平整光

滑，色呈青蓝，自然文藻。天地雨露的千百年润泽之下，石上仿佛有天然显现的经文字样，为五台山的神奇镇山之宝，亦是文殊菩萨的法座。

清凉石又称歇龙石。相传远古时期，五台气候异常酷热，没有清澈的泉水更不见满山草地和野花。文殊菩萨来此演教说法，为利益众生，从东海龙王处借来歇龙石置于该处，五台山即刻成为清凉世界，此山从此又叫清凉山。北魏孝文帝依山傍水建立清凉寺。因文殊菩萨曾于清凉石上讲经说法，清凉石又称“曼殊床”，其加持力不可思议。

清凉石与它所依托的山林寺庙彼此映衬，其上坐几百个人不会显得小，坐几个人也不会显得大，非常神奇。二十几年以前法王坐在清凉石上给数百名四众弟子传授了很多佛法，其后法王带着弟子们一起念诵《普贤行愿品》并共同发愿弘法利生。法王如意宝有一张珍贵的法照正是留影于清凉石端，他带着笑意凝视前方，目光如炬，却又空灵，庄严好看。他的爱犬也坐在石上，背对镜头看着远山，好像若有所思。法王的身后是清凉谷连绵的青山，脚边有石上浅绿色的斑驳苔痕。其时法王也带领僧众于清凉寺塑了很多佛像。

清凉石上开示如何发心

朝圣第五天清晨，上师带领随行弟子来到清凉寺。依旧带着熟悉的笑容，上师信步走来。他直接来到清凉石旁，为弟子们开示道：

1987 年，法王如意宝带领四众弟子在清凉石念诵《普贤行愿品》并共同发愿弘法利生

25 年后，希阿荣博上师再次来到清凉石，带领弟子们念诵《普贤行愿品》发愿

“在诸多的圣境中，五台山的罗延窟、善财洞和清凉石是法王如意宝曾经莅临，最为殊胜的三个地方。文殊菩萨化现成一个年老的和尚，从东海龙王处借来清凉石放在这里，因为这个缘起，五台山的气候才那么好，所有众生都得到了安乐。清净的人应该看到，现在有很多菩萨在这里转法轮。但是有的人会怀疑这里有没有这么大的地方，这么大的石头不用说了，就是一个微尘，上面也有无数净土，因为时空不一样。现代科学刚刚发现了一点点，2500年以前释迦牟尼佛祖把所有的现代科学的新发现都超越了，如果诺贝尔奖可以发给他的话，他可能把所有的诺贝尔奖都拿走了。大家先顶礼。我们来朝圣，保持内心安静特别重要，弟子们不要散乱。”

上师带着弟子们念诵法王祈祷文并向清凉石顶礼。待上师和僧众攀上清凉石并于石上安稳就座，弟子们才相扶相携一一上去，包括几位年逾古稀的老师兄也上去了。上师、僧众和弟子们一行共六七十人，恰好占满整个石头，其乐融融，显得圆满可爱而又十分温馨。

课诵念完以后，上师开示道：

“清凉石的功德大家已经都知道了，实际上就是佛的坛城，是真正的见解脱。很多史料记载，有时看到佛祖和他的罗汉，有时看到文殊菩萨或者金刚手菩萨在清凉石转法轮，但走近了一看就没有了。这样的故事非常多。今天一定也是天空中充满了诸佛菩萨。大家要观清净心。我想这次朝圣非常殊胜，随行弟子应该很清净，才遇到这么多瑞相，包括昨天在善财洞，很多弟子都看到了文殊语狮子的云彩，天空中出现了很多瑞相。

“发愿很重要，法王如意宝常常说，他下半生弘法利生的事业这么广大，是因为在文殊菩萨刹土念诵近二百万遍《普贤行愿品》的缘起。我现在弘法利生一点点的功德，是法王如意宝的恩德，也和1987年和法王一起朝拜五台山发下的誓愿有关系。

“在这么殊胜的地方，实际上受菩萨戒是非常隆重的事。发心有三种。第一种发愿自己先成佛，之后再引导众生成佛，这称为国王般的发心；第二种发愿与其他众生一起成佛，这称为船夫般的发心；第三种发愿除非所有众生都解脱，否则誓不成佛，这称为牧童般的发心。以上三种发心，都是为了利益众生而成佛。文殊菩萨是第三种，像是一位尽职尽责的牧童，暮色降临之时，把看护的牛羊全部带回圈里安顿好之后，他才回家。这是不可思议的发心。大家也要像文殊菩萨那样发菩提心。

“发菩提心的功德很大，华智仁波切说，想成佛的话，有菩提心就可以了。如果没有，那就必须生起菩提心。而要修持大乘佛法，发菩提心以及六度万行的基础是菩萨戒。”

在上师的摄持和引导下，弟子们先受了皈依戒和菩萨戒，又得到了上师瑜伽的法像：一张精美的小卡片上，上师相好庄严，以班智达之身饰、文殊童子之身像而显现，双足金刚跏趺之坐势，双手心性休息之手印，端坐于法座之上。上师的头顶是一尊文殊菩萨。

这时清凉寺辽远蔚蓝的穹空中布满了轻淡如絮的祥云，形态各异，非常吉祥。观之令人愉悦，祥云下悠然想来，在上师面前受持菩萨戒、发菩提心，诸佛菩萨和虚空中所有的众生一定会随喜赞叹我们！

上师说：“大家要像文殊菩萨一样发愿，生生世世，尽自己能力，利益一切众生。《普贤行愿品》是普贤菩萨应善财童子祈请而宣说的发愿文。我现在给你们这个传承。”

刀登活佛用手打着节拍，不少弟子的脸上都划过了晶莹泪痕，大家和上师一起念诵了《普贤行愿品》。

“今天那么好的地方，我们受了菩萨戒并传了《普贤行愿品》，非常殊胜。1987 年法王莅临时，几百弟子坐在这块石头上面传讲无上大圆满。

“我们现在就去黛螺顶朝圣，这是和朝礼所有五个台功德一样的地方。很多高僧大德授记，冬天的时候很难上五台山，但是如果到了黛螺顶就等于朝拜了五方文殊菩萨，功德是一样的。在黛螺顶的五方文殊像非常殊胜。去了以后大家一边转绕，一边好好发愿。”

上师微笑着注视着弟子们，待大家逐个从清凉石上下去，他亲手把洁白无染的哈达系在了清凉石上。站在石上，上师低头仔细地查看上面自然显现的各种图案和文字。随后上师敏捷地纵身跳下石端，带着弟子们绕转。绕转时上师留意着上面呈现的种种字符与梵文，他将头轻轻贴在石上，念诵了一遍法王祈祷文。在香炉旁的石台上，上师轻轻地供了灯。

清凉石旁的大殿中供着文殊菩萨、普贤菩萨和观世音菩萨。上师很快来到这个不太引人注目的地方，一丝不苟地供养哈达、顶礼，并从怀里拿出一点钱放在功德箱里。上师总是细致、缜密而周全，不会忽略身边任何一个人或一件事。点灯、顶礼、上香，甚至走路或者说话，上师动作都很快，却永远都雍容雅致，恬淡自在。

离开清凉寺的时候，遇到了几位从武汉来朝圣的居士。和上师的相遇让他们激动不已，其中一位女居士说："上师，我在灵隐寺也曾遇见过您！"弟子们祈请上师将来能够莅临武汉传授佛法，上师轻轻微笑点头。

行程 15
Journey Fifteen

大黛螺顶——乾隆皇帝与五方文殊像

黛螺顶始建于明代成化年间，称佛顶庵。清乾隆十五年（1750）改曰黛螺顶，是因该寺建在一座形状酷似海螺的山顶而得名。时值盛夏时节，山上连片如海的林木郁郁葱葱，呈墨绿色，随风起伏如浪。通往山顶的台阶有1080级，全长508米，乃五台山最长的石阶路，被称为大智路。

上师2003年莅临五台山时，和阿妈一起走过大智路，拾级登上黛螺顶。那时阿妈已年逾古稀，两鬓花白，对她来讲，这着实不是件容易的事。上师双手搀扶着母亲，缓缓向上，每当母亲显得体力不支时，上师总是会随机开个玩笑，来消除她的疲劳。就这样他们最终一起到达了顶峰。阿妈是虔诚的佛教徒，和上师一起走过这段路朝礼五方文殊，与走上五个台顶的功德是没有差别的，是为殊胜的缘起。

这一次，上师和随行的弟子们从清凉寺出来，把车开到缆车附近，直接上了通往山顶的缆车。上师和聪达喇嘛在18号车厢里，念诵着《大自在祈祷文》，上师不时和对面坐在下行缆车上的游客打招呼，让人感觉亲切和温暖。当一个陌生人有缘与上师擦肩而过，当他看到上师慈悲的笑容、柔和的目光或者高大的身影，哪怕只是偶尔瞥见上师僧衣的红颜色，也会生起欢喜心，因此播种下解脱的种子和妙因。

缆车停靠站上面不远处即是黛螺顶，刻有大字的牌楼岿然挺立。于斯地，整个台怀镇和周围起伏的山峦皆能映入眼帘。空濛的山色，无尽的天空，变幻的云彩，青翠的林木，婆娑的树影，遮不住的青山隐隐，流不尽的绿水悠悠。大白塔和菩萨顶在相对广阔的空间里好像突然变得小而精巧，胜景难书，幻境难书。上师于此驻足，登高而望远，凭栏极目远眺，并留下了珍贵法照。

上师悠然走入黛螺顶寺，站在旃檀佛殿和弟子们说起话来。

黛螺顶的主殿是著名的五方文殊殿，小朝台指的就是朝拜这座大殿中供奉的五方文殊菩萨，东台聪明文殊、北台无垢文殊、中台孺童文殊、南台智慧文殊和西台狮子吼文殊。上师说："乾隆皇帝来过好几次五台山，因为天气不好，路也难走，都没有登上台顶。于是他就在黛螺顶塑了五尊文殊菩萨像，并请了很多圣者和高僧大德一起修法以迎请五方文殊菩萨来到这里。如此一来，朝拜黛螺顶的功德就和朝拜五个台顶是一样的。法王如意宝在世时，为了方便信众朝拜文殊菩萨，就在喇荣沟，学院周围的五座山上，带领所有的高僧和出家人一起修法迎请五方文殊菩萨到喇荣来。大家知道，这五座山上常常出现瑞相，不可思议。从此，绕山的信众越来越多。喇荣沟也就被称为多康的五台山。所以我们要有信心，在这里朝拜和在五个台顶朝拜的功德是一样的。"

语毕，上师走进旃檀殿，佛坛之上供奉着一尊站立的旃檀佛，以旃檀木精工雕刻而成。旃檀佛乃佛教最早的造像形式。据说佛祖成道后，准备到忉利天看望他的母亲摩耶夫人。弟子们想把佛祖的形象留在人间，却都诚惶诚恐，没有人敢直视佛祖，于是只好把佛祖在水中的倒影画下来塑像，结果把流水的波纹也塑在像上了。故此

黛螺顶五方文殊殿内，希阿荣博上师向五方文殊菩萨供养五色哈达

佛像有如水波一样的纹理。旃檀佛精美雅致，上师于此供养哈达，白色的哈达不偏不倚刚好飘落在佛像的手上。在几朵白莲花前面，上师念诵了经文。

在五方文殊殿里，上师供养蓝、白、红等五色哈达，并在他经过的每一个功德箱里放进一些钱，毫无例外。这五尊文殊佛像，乃是文殊菩萨应不同众生的根机而示现的不同形象。五佛分别手持象征智慧与方便双运的宝剑和青莲花，象征慈悲与智慧双运的弯弓与利箭；而佛像身后的经函则表示文殊菩萨已通达一切万法实相与诸佛的究竟密意。五尊佛像都有2米多高，通体金色，各持法器，面容威仪，目光宁静，极为庄严。在殿堂里，上师带着弟子们齐声念诵了《大自在祈祷文》《愿海精髓》等祈祷文。

然而这五尊文殊像都是新近塑造，古老的五方佛像已经搬迁到后山上，被装藏在佛塔里。在一位出家人的带领下，上师和随行弟子们穿过侧门，登上满是荆棘的山坡，来到一处寂静所在。这里显然没有太多游客造访，地上自然生长的小草已经有一尺多高。丛间星星点点散布着黄、白两色的野花，在清风吹拂下，花草清香混着泥土芬芳，沁人心脾。佛塔藏式风格，塔身洁白，刻有“五方文殊旧佛像宝塔”的字样，古老的佛像就在塔中。

上师和聪达喇嘛一起把五条彩色的哈达打上结，首尾相接连在一起，缠绕在塔身上面。弟子们这才陆续到了，大家开心地随着上师一起转绕。

在塔旁的草地上面，上师席地而坐。就在上师就座的地方，细心的希阿慈诚法师注意到草地上生长着很多红色的野生草莓。他欢喜地摘取了一些供养上师，小小的鲜艳的果实特别干净，酸甜可口。

弟子们一一落座后，上师开示道：“今天我给你们念诵《文殊礼赞》和《二十一度母赞颂文》的传承。《二十一度母赞颂文》特别殊胜，所有的藏族人，无论是出家人还是在家人，都能够背诵。不会背诵的人几乎没有。藏族人在家人一生诵几万或者几十万遍的非常多。甘孜容巴岔有一个高僧才旺成利喇嘛一生念诵了《二十一度母赞颂文》120万遍。大家以后可以常常念诵。这两篇赞颂文都收集在《显密念诵集》中了。我小的时候也背诵过。”此时天空中祥云涌动，气象万千。山顶之上，上师带着弟子们念诵度母心咒的声音，仿佛穿越时空，和法王如意宝、诸位大圆满传承祖师以及文殊菩萨演教的法音融会在一起。

传承毕，弟子们跟随上师一起念诵了《愿海精髓》等发愿文。离开前，弟子们围绕着上师在塔前留影。

午餐安排在黛螺顶的斋堂里。弟子们和上师、僧众一起念诵过会供略轨和简供后，每个人得到了一个袋子，里面有一个面包、一小包榨菜、一根胡萝卜和一根黄瓜。佛门午餐简单，清淡可口。随后大家乘坐缆车返回。

小黛螺顶上的特殊法座

值得记述的是，在大黛螺顶不远处，有小黛螺顶，是文殊菩萨及其一万眷属经常转法轮的地方，非常殊胜。西日桑哈祖师也曾经在这里传法。1987 年法王如意宝在这里驻留了几天的时间。

小黛螺顶有一个用小石头堆砌的法王如意宝的法座，和上师前几天在那罗延窟前传法时用的天然法座有几分相像。就是在这个法座上，法王曾为四众弟子传授了麦彭仁波切的《四臂文殊菩萨》灌顶以及很多其他的修法与窍诀。

在小黛螺顶，法王如意宝写下《忠言心之明点》，并为有缘弟子们传讲了这部教言。法王亲口说过："将来有恭敬心的修行人，如果领受了这个教言的甘露精华，与直接见到上师没有任何差别。"

行程 16
Journey Sixteen

显通寺——五台山最大的一座寺庙

显通寺坐落于台怀镇中心地，是五台山最古老、规模最宏大的寺庙。该寺历史悠久，珍贵文物众多，是佛教圣地中的一颗璀璨明珠。众所周知，河南洛阳白马寺，为中国始建年代最早的一座佛寺，被人们称为“释源”。而显通寺的初建时间，可以和白马寺相比拟。

显通寺始建于汉明帝永平十一年，原名大孚灵鹫寺。北魏孝文帝时期扩建，因寺旁侧有花园，赐佳名曰花园寺。唐代武则天以新译《华严经》中记载有五台山，乃更名为大华严寺。明太祖重修，又赐匾额“大显通寺”。显通寺占地约 120 亩，各类建筑 400 余座，且大多为明清时期所建。显通寺也是五台山最大的一座寺庙。

显通寺建制宏伟，道路开阔，古树苍天，殿堂严整，一派皇家气象。于中轴线上，主要有殿宇 7 座，从南到北，依次为观音殿、大文殊殿、大雄宝殿、无量殿、千钵文殊殿、铜殿和藏经楼。

1987 年法王如意宝于此塑了很多佛像。

在显通寺门口，上师把香一一分给随行弟子，随后带着大家走进这座古老宏大的寺院。一路上遇见的信众，纷纷过来，双手合十礼敬上师。有不少信众虽不认识上师，也远远跟随着。

上师最先来到大文殊殿朝礼，一边不忘嘱咐弟子们“要好好发愿”。和其他文殊殿有所不同，大文殊殿供奉七尊文殊菩萨像。正中为大智文殊。大智文殊前面有五尊文殊菩萨像，即五方文殊。大智文殊后面是甘露文殊，两侧有十八罗汉。

丝绸哈达又轻又薄，而上师却总是能把它们抛得很高很远。蓝色的哈达优美地、缓缓地落在大智文殊和五方文殊身上。于此殿中，上师带着弟子们念诵了《愿海精髓》等发愿文。

上师来到千钵文殊殿前，把香放进高大古老的香炉里。在经声佛号中，香烟袅袅升腾而起。殿内供奉明代千钵文殊铜像，五头六臂，四臂于胸前执持铃杵，两臂高捧金钵于头顶，钵内有佛祖坐像。身后伸出千手托千钵，钵内端坐千佛。所以，这尊铜像又被称做千臂千钵千释迦文殊像。

上师于此供养顶礼，以头轻触供桌，并和随行弟子们在殿堂中念诵经文。两位年龄较长却精神矍铄、身着灰色僧衣的出家人过来给上师虔敬顶礼。弟子们则在普贤菩萨像前驻留，普贤菩萨化身老者，骑在白象上，一位师兄说这位老者的眼睛与上师慈悲双目颇有几分相像。

显通寺铜殿和铜塔，是著名的文物。五座铜塔位于铜殿之前，和五台相合，所以又称五方佛塔。从东到西，第一“成所作智塔”，隐合北台；第二“大圆镜智塔”，隐合东台；中间“法界体性智塔”，隐合中台；第四“平等性智塔”，隐合南台；第五“妙观察智塔”，隐合西台。

中间三座为唐代铸造，惜毁于战火，为1989~1993年间补铸。

东西两塔为妙峰禅师于明万历年间（1572~1620）铸造，保存完好。两塔都有石雕须弥座，座上为覆钵。八面十三层楼阁式的塔身上精雕细刻各种佛像。塔高约8米。

两塔稍有不同，西塔塔座上多一个小小的土地庙。1985年7

在五台山最古老、规模最宏大的寺院显通寺，希阿荣博上师在铜塔前供养哈达

月10日翻修拆开该塔塔身时，发现塔内藏有一部《大方广佛华严经》。整部经卷洋洋洒洒61万余字，共81本。系明代万历年间由30多人经16年时间手书而成。此部《华严经》在该塔中尘封370多年，装经的蓝色梵箧色泽尤新，"大方广佛华严经"7个金字一如往昔。

一位年轻的出家人恭敬地送上师从千钵文殊殿出来，他对上师说："我很早就知道您，读过您的书。我想跟您学，可不可以带上我一起走。"上师眼中饱含笑意和温情，亲切地把手搭在他的肩上，安慰他说："别着急，先在这里好好学习，以后会有机会。"他们边走边聊，一直来到铜塔旁边。

铜塔旁开示忏悔法门

在西塔旁有空地，上师于此就座，为弟子们开示，如是我闻：

"1987年的时候，我来到这里，铜塔显得很古旧，特别特别漂亮。现在镀金之后显得很新的样子。那时候没有导游，我们几个人围着铜塔转绕了很多次。

"我们来一起念诵《普贤行愿品》。大家一定要认真一些。这次是来朝圣，而不是旅游，所以大家应该静一静，不要散乱。家里的事情可以放下就放下，电话能不打就不打。这次机会那么难得。我感觉很多人心没有静下来，念诵的时候心散乱，不散乱也在无明中。

"大家一定要认真发愿，机会很难得。发愿的时候，希望升官求财就不用特别去求了，如果成就了佛果，也一定会有财富，会有健康，一切也会顺利。就像烧火就自然而然会有烟一样。求到智慧其他一切都会圆满的。我们应该发愿为了利益众生而成就圆满的智慧。《普贤行愿品》中有十个大愿，能一个一个这样发愿非常好。如果不会这样发愿，也可以按照《普贤行愿品》所说，文殊师利菩萨和普贤菩萨如何发愿，我也如是发愿；过去、现在、未来诸佛如何发愿，我也如是发愿。回向时也是一样，文殊师利菩萨和普贤菩萨如何为了佛法和众生回向，我也如是回向；过去、现在、未来诸佛如何回向，我也如是回向。不是我对你们要求严格，机会太难得了，一定要珍惜。

“从《八吉祥》开始，《普贤行愿品》等经文念诵完后，我给你们念诵《金刚乘十四根本堕罪忏悔文》和《三十五佛忏悔文》两种忏悔文的传承。

“这次朝圣，所有随行弟子已经成了密乘弟子，有可能会犯戒，甚至严重的话，会有破戒。如果这样，就要马上念诵忏悔文，应用四对治力，好好忏悔非常重要。

“阿底峡尊者是阿弥陀佛的化身，示现上非常重视忏悔法门。他曾经说，自己刚开始学习小乘佛教的时候，没有破过任何戒律；进入大乘佛教以后，偶尔会破一些戒律；自从修习金刚乘以后，所破的戒律就像飘下来的雪花一样，不知道身上沾上了多少。但是，因为他每天晚上认真忏悔，从来没有不忏悔清净就去睡觉，所以他一生之中，虽然破过无数戒律，但从未和破戒的罪业一起睡觉。

“阿底峡尊者是一代伟大的修行者和成就者，示现上他每天都要忏悔，何况我们这些凡夫呢？所以一定要经常忏悔。”

世界上有两种好的修行人，一种是从不犯戒的人，另外一种是犯了戒能够忏悔的人。凡夫很容易犯戒，所以我们一定要经常忏悔。上师所传的《金刚乘十四根本堕罪忏悔文》和《三十五佛忏悔文》

分别对应了违犯密乘戒和违犯菩萨戒的忏悔，对弟子们来讲，非常及时和重要。

上师开示中间，一位显通寺的出家人为上师送来坐垫。而不少信众或坐或站地在我们周围，他们也虔诚地凝视上师，谛听他的开示。

传承毕，上师说："这次随行弟子应该是很清净的，才有这么多的瑞相。达瓦嘉措活佛在20世纪40年代就被认定为活佛，在炉霍地区很有影响力，平时能见上一面也很难。扎智活佛则是阿坝州很有影响力的活佛，每年都来五台山朝圣。我们很有福报才能和他们在一起朝圣。有的汉族弟子观察上师，看上师是否长得帅，长得高大，像我们这样子头发白了，牙齿掉了，就很难有信心。其实大家观察上师，不妨到当地去了解情况。我与达瓦嘉措活佛认识20多年了，和他很亲。达瓦嘉措活佛曾经给我授过灌顶，所以他也是我的上师。本来我今天早上就走了，但是活佛说，希望我如果能够的话就再呆一天。因为他是我的上师，所以我听他的话。我们有福报才能和这么好的活佛同行，大家一定要珍惜这个机会。让我们一起念诵《普贤行愿品》。"

上师说到这里，弟子们都会心地笑了。此时达瓦嘉措活佛就坐在上师身边，他却抬手用披单轻轻地擦拭着双眼。

这些天来，每到一地，上师都会用藏文为达瓦嘉措活佛作介绍，到难走的地方就会搀扶他。活佛修行很好，慈悲又柔和。我们爬山去善财洞时，有两位老人跟不上，上师就和活佛一起坐在山下的树荫里等候。活佛把自己的垫子让给他们，虽然语言不通，他们却能交流。两位老人深受感动，他们深深地热爱着活佛。

周围的人越聚越多。在《普贤行愿品》的念诵声中，一位在这里已经闭关3年的出家人从上师旁边的一个侧门走了出来，一眼认出了上师。霎时，与上师偶遇的惊喜，毫不掩饰地呈现在了他的面容上。在他听来，随行弟子们念诵经咒的声音成了他与上师相遇的伴奏曲，缘起殊胜。他拿出一个自己珍爱的普巴金刚橛供养了上师。上师微笑颔首示意，轻轻拿起这个金刚橛，温柔地在他头上敲了一下。

念诵毕，上师来到五座铜塔前献哈达。往昔的朝圣者们留下不少五彩的哈达，装点着塔前的栏杆。而上师轻轻扬手，哈达便可以在空中飘飞后轻轻地挂在佛塔身上。

铜塔旁的石阶上方，即是铜殿。铜殿为明代万历年间铸成，高8.3米，宽4.7米，深4.5米。柱额上饰花纹，隔扇棂花，铜门上还装饰有狮子滚球、丹凤朝阳、龙鱼戏珠、犀牛拜月等图案，生动好看。殿内供奉一尊铜文殊像，四壁铸满佛像约万尊。据《清凉山志》记载，铜殿是五台山高僧妙峰法师于明朝万历年间，集全国十三省供养，用十万斤铜铸成。

上师于殿内把白色哈达供养在文殊菩萨像前，又系在左右两座小佛塔上。转过身来，一句一顿地给等候在殿外弟子们传释迦牟尼佛心咒：“嗡牟尼牟尼玛哈牟那耶梭哈”。顶礼，诵经，然后上师和几位活佛一同走下了通往大雄宝殿的台阶。阶旁，偶遇三位外国游客，是一位父亲带着一对双胞胎女儿。两个金发碧眼的小姑娘，才11岁，眼神清亮，笑容甜美，非常漂亮。上师一点一点地教他们念诵“南无阿弥陀佛”和“嗡阿吽巴匝纳德”，他们也一点点跟着学，最后念得像模像样。于是这三位可爱的异国父女喜笑颜开，双手合十，用英文说：“谢谢你！谢谢你！”上师离开时，他们一直恭敬目送，并询问上师的驻地，弟子们于是把次第花开网站的网址留给了他们。

大雄宝殿是五台山寺庙殿宇中最大的一座。殿内供奉三世佛像：中间释迦牟尼佛，西阿弥陀佛，东药师佛；两旁有十八罗汉像；背

后有观音、文殊、普贤三尊菩萨像。不仅显通寺僧人早晚在这里做功课，每逢大的节日，各寺庙的僧尼都要汇集到这里举办佛事活动。

来到这里，上师和随行弟子们念诵着文殊心咒，很快就在供桌上面点满酥油灯。高大恢弘的殿堂里，三世佛像光芒灿烂，华美庄严。上师向诸佛菩萨皆献上哈达并顶礼。

弟子们用汉文念诵了《普贤行愿品》等课诵。此间，有居士供养上师一盒素饼，上师打开来，亲自递到每位弟子手里，连最后一块也分完了，只剩下一点点碎末细渣放进自己嘴里。上师身边有很多特别好的弟子，他们总是时时念想牵挂着上师，并把自己最好的东西供养给上师，非常随喜他们。但寂天菩萨在《入行论》里说过，世间没有任何情感能够和一个菩萨给予众生的爱相比，因为菩萨的心没有二元分别的执着，没有期待，也没有条件。上师于我们的恩德，无论弟子怎么做都无法回报的。

在未来佛前的座位上，上师与随行的僧众一起留影。几位在显通寺出家的年轻人来到上师座前礼敬上师。他们清瘦虔诚的脸上笑容灿烂明媚，很有感染力。与上师素昧平生的他们来到上师身边，就好像是追随很久的弟子一样自然，不难看出他们与上师很融洽。上师披单的红色和他们僧衣的灰色放在一起很和谐，很圆融，是为殊胜吉祥的缘起。

离开前，上师又带领随行弟子们念诵了《大圆满基道果无别发愿文》《生生世世摄受愿文》等祈祷文。

这座古老的寺庙曾经是华严宗最重要的道场。作为大圆满传承上师，在这里，上师为弟子们开示传法，带着弟子们发愿供灯。上师演教的法音一定汇入了清净刹土的晨钟暮鼓，并将永远地留驻于亘古的青山庙宇间，以给无量的众生带来更为广大的利益。在这里，上师遇见了形形色色的人，无论密宗显宗、在家出家、国内国外、年少年迈的都有，他们无一例外地怀着对上师强烈的虔敬心、信心、感恩心。上师曾说：“**无伪的信心可以超越时空，而成就者的加持原本就无所不在。**”祈愿大圆满法广弘时期，所有的众生能够值遇传承上师和大圆满法，并对上师和大圆满法生起无上的信心，祈愿所有众生都能修持大圆满法而获得利益，无有漏失。是为吉祥殊胜的缘起。

行程 17
Journey Seventeen

文殊发塔——塔院寺第二圣境

塔院寺的第二圣境，在方丈院后一墙之隔处，有装藏文殊菩萨头发的白塔，称为文殊发塔，也叫五台山小白塔，与大白塔形状相仿，高度 6 米多。

在北魏年间，大孚灵鹫寺每年三月庙会，设“无遮斋大会”。不分僧俗贵贱，男女老幼，凡赴斋者，皆可饱食一餐。有贫女怀抱婴儿，携孩子与狗，来此赴斋。众香客以金银供养三宝，她却剪发几绺置于供桌之上。知客僧给她两份饭，她说：“我们有三人。”知客僧又予一份。她又说：“我还有一条狗。”知客僧犹豫后又予一份。她又说：“我腹内有子。”知客僧怨道：“子在腹内还未出生，你真是贪食无厌！”贫女被呵斥后即说偈曰：“苦瓜连根苦，甜瓜彻地甜，是吾超三界，致使阿师嫌。”吟罢腾空，化为文殊菩萨，婴儿和孩子变成童子，狗儿变成绿毛狮子。在云光缥缈处，文殊菩萨又吟偈：“众生学平等，心随乃境波。百骸俱舍尽，其如憎爱何？”

《清凉山志》记载：“斋主自恨不识真圣，取刀欲剜其目，众遮乃止。即以贫女所施之发建塔。”又载：“在塔东侧，昔文殊化为贫女，遗发藏此，万历年间，方广道人重修见发若金，随人视之不一。”据《清凉山志》，重修此塔时，方广道人看到金色头发，而不同

塔院寺，希阿荣博上师带领弟子们一边念诵百字明一边转绕文殊发塔

的人因为不同的业力而看到不同的头发。

上师于此开示：“文殊菩萨什么形式都会有，在这里曾经以贫女的形式，观清净心很重要。本来观清净心就重要，到了净土观清净心就更加重要。我们自己的因缘和业障的原因，在没有得到清净之前，很难见到真正的文殊菩萨。以前我们身口意造作了很多恶业，在这里我们念一下百字明的传承。”大家跟着上师一句一句地念诵了百字明。

随后上师带着随行弟子一边转绕佛塔，一边念诵着百字明。此间，上师向文殊发塔顶礼并在旁边点燃一盏又一盏油灯，橙色光芒微微摇曳，为有缘众生带去光明和智慧。大白塔旁升起了祥云，在斜阳的照射下，宛如腾飞的龙。

这里的几位出家人不知从何时开始，一直寸步不离地跟随着上师。离开的时候他们依依不舍，执意把上师送到车上。路过塔院寺山门时，上师看到旁边有不少面容柔和而肃穆的觉姆，每个觉姆前面都放着一块长型的木板。她们是特意来到五台山，对着大白塔圆满大礼拜的功课的。上师慈悲地从怀里拿出钱，走到她们面前，微笑着把钱一一分发到她们手里。

直到上师上了车，几位出家人仍然围绕着车不肯散去。那位曾经在这里闭关3年，今天在古塔旁偶遇上师的出家人在上师的车窗前久久不肯离去，他说：“上师，我和您的缘分还是真的很好，您一定要加持我成就。”上师摸了一下他的头，亲切而坚定地说：“你一定要努力，有信心就好了，一定会成就。”土登喇嘛拿来一些书和杂志，有《寂静之道》《次第花开》《佛子心语》以及《圣地写真》。上师将书分别赠送给了几位出家人。他们接过书放在自己头上，开心地说：“阿弥陀佛，上师加持！”

行程18
Journey Eighteen

佛母洞——念诵度母心咒发愿

一路走来，朝圣的行程安排颇为紧凑，从塔院寺出来，上师便带着我们直奔南台。其间出现了一个小小的插曲。当车队行驶到南台山脚下时，才发现这条唯一可供车行的道路被当地村民用一个挡车杆拦住了，而且落锁于旁边的水泥立柱之上。但是很快我们就联系上了当地村子里的人，他们虽然没有找到钥匙，却带来工具把大锁打开了。

山路陡峭，转弯很急，路面又多坑洼，泥土中还藏着大大小小的石头，很难想象如不是四轮驱动的、马力大的车子怎么可能开上去。而且车道狭窄，没有错车的余地，只要有一辆车上不去，就会挡住后面所有的车。随行的车中有好几辆排气量都很小，让人有些担心。但是最后所有的车都顺利开到了佛母洞门口，无有漏失。这是非常吉祥的缘起，祈愿上师带领我们，在修行的路上，遣除违缘与障碍，圆满成就诸善妙。

南台锦绣峰，细草杂花铺锦着彩。其东南支脉一座如屏风般铺展的山崖岩壁间，有座天然形成的石洞。因洞建寺，佛母洞既是洞名，又是寺名。据《清凉山志》载："嘉靖末，道方者，夜游至此，见神灯万点，既出旋入。方随入，见玉佛像，森列其中，穹窿深迥，进里许，飘然闻波涛，悚怖不能出。念观音名，愿造像，忽见一灯，寻光得出，乃造石佛于洞口。”其后在洞外建寺。至今已近五百年，佛母洞现存四尊明代石雕佛像。

五台山作为文殊菩萨的应化道场，大至山河天地，小至幽花微草，都是文殊菩萨愿力所持，随众生心，应所知量，随缘而显现。佛母洞即为文殊师利菩萨随缘教化显应之处。

佛母洞分内外两洞，外洞大而明，内洞小而幽，中间有一个扁圆形孔穴令二者相通。内洞显现为人体母腹，可以容纳 5~7 人。洞壁上山岩经水溶化，产生成暗红色、褐色或白色的乳石及石笋，其形如人体之心肝肺等，惟妙惟肖，格外神奇。洞形又呈葫芦状，右侧有白色脊椎骨、肋骨形状的乳石，洞口恰好处于类似于右肋的部位。这一点与佛祖诞生的故事很相应。释迦牟尼佛的母亲摩耶夫人是梦菩萨乘白象从右肋下入而怀孕，后于蓝毗尼花园，从她的右肋，生下太子悉达多。

佛母洞住持来到殿前热情地欢迎上师，他向大家介绍了佛母洞，并说：“我读过法王如意宝的传记，看过他的介绍。今天有上师带领你们来到这里，是殊胜的善缘。汉传佛教认为佛母洞是文殊菩萨的化现，藏传认为是绿度母的化现。进洞的时候，大家要保持清净的心。今天缘起殊胜，平时进洞需要排队等候三四个小时。现在几乎没人，可以直接进洞。感谢你们的上师的福德和加持。阿弥陀佛。”

上师开示：“住持已经给你们介绍了，汉传佛教认为佛母洞是文殊菩萨的化现，藏传认为是绿度母的化现。根本上绿度母和文殊菩萨没有分别，绿度母也是文殊菩萨，文殊菩萨也是绿度母。究竟上，所有的诸佛菩萨一体的，完全没有分别。只是诸佛菩萨利益众生的方法不一样，因此佛祖有八万四千法门，诸佛菩萨也以各种形象显现，人的形象、动物的形象，这样山洞的形象。进去以后，清净无始劫以来的业障，更加报答今生父母，乃至无始劫以来的父母是最好的了。大家可以念诵度母心咒：嗡达瑞德达瑞德瑞梭哈。进去的时候，心清净是最重要了。大家要发愿，希望所有的众生脱离痛苦，清净业障，往生到极乐世界。一边在心里发愿，一边念诵心咒。”

洞口虽小，上师和随行僧众却都毫不费力地进入了佛母洞并于洞中念诵度母心咒和《二十一度母祈祷文》的偈颂，其大意是祈祷度母，以消除众生的恐惧和痛苦。幽暗的内洞中有一盏灯微微泛着红光，在它的照明中，不难发现这里确实像极了人体的腹腔。上师不断念诵着度母心咒，很轻松地就从洞口出来了，刀登活佛在下面接住了他。看到在洞口等候的两位年过古稀的师兄，上师即关切地询问他们的身体状况，并鼓励他们要好好念诵阿弥陀佛心咒。两位老人的女儿站在一旁，默默看着这样的场景，眼睛早已湿润，泪光中她看着上师离去的背影，轻轻地说：“感恩师父。”

等候弟子们陆陆续续从洞中出来的同时，上师和僧众坐在殿前开阔明亮的空地上，一起念诵了很多发愿文和祈祷文。此间，上师把《次第花开》《寂静之道》等书籍赠送佛母洞的住持，而住持则以佛母洞的介绍和一袋五台山的金刚砂来供养上师。

远天落日余辉铺开，在自然的盛景中，我们圆满了一天的行程。

追随希阿荣博上师朝礼五台山期间，一名弟子用手机拍下的照片

第六天

藏历水龙年五月十八日
阳历二〇一二年七月六日
观世音菩萨节日
殊像寺　般若泉　罗睺寺
观音洞

旅游小贴士

殊像寺

殊像寺创建于元代，与显通寺、塔院寺、菩萨顶、罗睺寺并称五大禅处，又为青庙十大寺之一。因往昔皇帝和太后常驾临此寺，故布局较为考究，园林气息浓厚。殊像寺文殊殿主供的文殊菩萨，是五台山最大的文殊菩萨塑像。

般若泉

五台山的般若泉，在普化寺西北，殊像寺背后东北，泉水清澈味美，日夜涌流不息。"般若（bō rě）"一词为梵语的译音，意为智慧。在历史上，般若泉被佛家尊为“圣水”，曾为贡品。据说，清康熙皇帝巡临五台山，非般若泉不饮。

罗睺寺大藏经阁

罗睺寺位于五台山台怀镇显通寺和十方堂之间，始建于唐代。寺中的大藏经阁，以一楼大殿的“开花见佛”景观和二楼供奉的罗睺罗尊者真身像而闻名，后者为木刻佛像，塑于两宋年间，精美绝伦，是该寺的镇寺之宝。

观音洞

观音寺位于台怀镇南三千米栖贤谷口岸畔，始建于明代，清代重建。因岩石洞中塑有观音像，所以得名。观音洞地势十分陡峭，从山麓沿石阶而上，中间有一座观音亭，石阶的尽头是一座观音殿。观音殿后有一个小小的石洞，即是观音洞。

殊像寺

般若泉

罗睺寺大藏经阁

观音洞

行程 19

Journey Nineteen

殊像寺——荞面头像文殊菩萨

朝圣的最后一天。行程安排中本没有殊像寺，清晨上师本应是直接去罗睺寺灌顶。但在去往罗睺寺的路上，上师心里却有些许遗憾。1987 年和 2003 年他在五台山礼拜过一尊加持力极大的文殊菩萨像，上师还记得当时见到菩萨像时，周身毛孔仿佛全部打开，一时内外通透，能所俱泯，心里没有任何念头，世界安静极了。因此，这尊文殊菩萨像给上师留下了极为深刻的印象。此次朝圣中，上师心中常惦念，想要再次朝礼这尊文殊像，但一方面上师不知“殊像寺”之汉名，另一方面随行弟子众多，日程不便多改，一切随缘，故没有刻意安排。

这时，上师派去罗睺寺的弟子打来电话，罗睺寺大殿里法座等在布置之中，尚未就绪，希望上师晚到一会儿。时值一行人正好走到殊像寺附近，于是就近到寺中朝拜，未曾料想，在此处竟见到了这尊令上师念念不忘的文殊菩萨像。吉祥殊胜的缘起，不可思议。用上师的话说：“这次朝圣突然圆满了。”

殊像寺始建于东晋初年，历史上曾几度重建，最后一次是在万历年间，寺内有重修碑记。殊像寺的文殊殿，是整个寺院的主体。殿

高出地面一米，殿宇恢弘壮观，是五台山规模最大的文殊殿堂。大殿曾于1982年落架维修，经实际检测，木架由13 700件大小部件组成，大的重达几吨，小的仅有一斤，可谓宏大而又精致。该殿重建于明代弘治二年（1489），最早建于何时虽无记载，根据传说亦可推至唐代。大殿中高悬两幅大匾“瑞相天然”、“大圆镜智”，是大清两位皇帝朝台时在殊像寺的御制匾额。

佛台上，供奉文殊骑狻猊的巨像，也就是25年来让上师不能忘怀的文殊菩萨像。像总高9.87米，其中狻猊高3.05米。狻猊四蹄蹬地，稳健而有力，昂首竖耳，双目圆睁，蓝色腰身和腿部上有白色斑点，颈上有深绿色卷毛，腰间挂鲜红色穗缨。狻猊背上置莲花宝座，花瓣分上下两层，共一百零八瓣，每瓣塑一尊小佛，精雅非常。文殊菩萨右腿曲盘，左脚垂踏莲花，半跏趺端坐其上。文殊菩萨像光华俨然，通体贴金，头戴五佛冠，身披袈裟，手执如意，眼若青莲，双耳修长，面颊丰满，神态庄严宁静。

殊像寺的主尊文殊菩萨像局部。殊像寺的文殊殿是五台山规模最大的文殊殿堂

因为偶然的机缘来到殊像寺，上师无意间见到了这尊 25 年来念念不忘的文殊菩萨像

走进大殿，上师看上去非常欢喜，他开示说：“这次朝圣突然圆满了，所有重点的地方都去了。当年塑此佛像，头部怎么也达不到理想的样子，这时文殊菩萨于天空显现真容，匠人急中生智，拿出厨房和好的荞面，照着菩萨显现的样子捏起来。刚捏好，文殊菩萨的真容便隐去。接着用泥仿塑，却总是不满意。因皇帝马上要来朝拜，时间很紧，便把荞面头安在塑像上，并贴了金。皇帝走后，荞面做的菩萨头怎么也取不下来。于是延续至今。这尊像也有了荞面头像文殊菩萨的称谓。这是文殊菩萨的殊胜显现，此像与文殊菩萨无有任何区别。”

确实，立于这尊菩萨像前，能明显感觉到文殊菩萨的摄持力。

1987年法王曾经莅临殊像寺，当时法王如意宝登上佛台，端坐在狮子的肚子下面，在那里念诵了《文殊礼赞》和《大自在祈祷文》。

于此殊胜地，上师带领随行弟子们念诵《文殊礼赞》和心咒，同时顶礼、上香并在供桌前点满了盏盏油灯。然后上师端坐于像前，带领弟子们长时间地念诵《普贤行愿品》等发愿文和祈祷文。

上师记忆中的般若泉

般若泉位于殊像寺旁不远处。1987年上师曾和他的几位师兄一起来过这里。那时候上师痛饮甘泉，并率性掬起泉水酣畅地浇在自己的头顶。顿时，自上而下所有衣衫都被浸湿了，感觉非常清凉舒畅。因此，般若泉一直留在上师美好的记忆中。

2003年上师莅临殊像寺时，记起了般若泉，于是带着弟子们从殊像寺来到这里。般若泉，源自唐朝，有一慧潜法师，睹五台僧俗饮水困难，于此地诵《金刚经》20余年，终感地涌甘霖。而法师亦于当日圆寂。般若泉水，水质甘甜，千年当中，寒暑不绝。看到如此清澈又极具加持力量的泉水，渴望早日开启智慧的弟子们不顾天气寒冷，装满所有随身的容器。上师在泉边以水浇头，弟子们也马上随学，般若泉边顿时热闹起来。

由于时间关系，上师一行此次朝圣未再去探访般若泉，大家从殊像寺出来后就直接来到了罗睺寺。

行程 20
Journey Twenty

罗睺寺——重临大藏经阁传授灌顶

在罗睺寺大雄宝殿北面的大藏经阁的一层，有“开花现佛”的巨型八瓣红莲。莲心，四尊佛像背靠背端坐，分别面朝东、南、西、北四个方向。殿内高悬康熙御匾“慧灯净照”，莲花佛两侧有楹联，联曰：“莲花九品觉海悟三乘，三宝皈依潜心真佛子。”“佛子”一语双关，既指佛陀的儿子罗睺罗尊者，又指皈依三宝而潜心修行的人。莲花佛的供桌上面，已经点满酥油灯。大殿后壁中间供奉观音菩萨，两侧供奉文殊菩萨和普贤菩萨。大殿两侧墙壁布满木格，内放着由汉、藏、蒙三种文字译的《大藏经》各一套。

在大殿北侧，背靠朱红色漆木的《大藏经》的书架，以一块明黄色布为背景，是上师的法座。

两天前，上师带着我们第一次来到罗睺寺，在藏经阁罗睺尊者真身像旁念诵了《随念三宝经》的传承。上师原计划昨天朝圣就圆满结束了，一些弟子们也相应做了离开的安排，但是刀登活佛的众多眷属此时从各地赶来，祈请上师为他们传法灌顶，于是慈悲的上师就临时改变了行程，朝圣又延长了一天。

传法地点最初定在酒店的会议厅，后又改在观音洞，但都不是特别完美，直至昨日深夜才确定安排在罗睺寺藏经阁。能在五台山台怀镇寺庙群中著名的寺庙里举行灌顶仪式，而且是在一个和上师有着殊胜因缘的寺庙，缘起非常吉祥殊胜。不仅如此，罗睺寺的僧人还为我们请出该寺的正式法座和灌顶所需的法器，放置在藏经阁一层的大殿中，灌顶现场布置得十分庄严。

回想起来，仍然觉得有些不可思议。罗睺罗寺是五台山著名的“五大禅处”之一，在黄庙中的地位仅次于菩萨顶，不会轻易接受一位陌生的上师坐上自己的法座并于此为弟子们灌顶。当然，上师和罗睺罗尊者有着殊胜因缘，并非一位普通上师可比。而寺中此时尚无人能了解这一点，故这应是上师密意与诸佛菩萨加持的结果。

上师法座正上方的二楼，不偏不倚，就是罗睺罗尊者真身像。法座右侧有小桌，上面摆放着水、水、花、香、灯、涂、食七供，各式灌顶用具，一张文殊菩萨的画像和一尊文殊菩萨佛像。法座前面的桌子上面放着上师的法本经函、铃杵和鼓，以及简单的扩音设备。

这次灌顶是应达瓦嘉措活佛的祈请，有很多达瓦嘉措活佛的眷属和弟子们从各地赶来。殿堂里坐得满满的没有任何空隙，而殿外也没有留下进不来的弟子。大家坐好后不久，上师一行就到了。

上师登上法座，跏趺端坐其上，脸上的笑容温润祥和，一如往昔。法座上，上师和新来的弟子们打招呼，亲切又欢喜。在念诵《八吉祥》《七支供》《大自在祈祷文》《请法偈》等课诵后，上师慈悲授予文殊身语意灌顶。

灌顶前，上师就此次灌顶的五个殊胜圆满进行了开示。这五个殊胜，按照上师开示的顺序，分别是：法殊胜、上师殊胜、地点殊胜、时间殊胜和眷属殊胜。

“这个灌顶是当年法王去多康时，白玛才旺法王祈请下，法王如意宝掘取的意伏藏——文殊身语意灌顶。大家应该知道，祈请的人白玛才旺法王是宁玛巴再弘时期最伟大的上师之一。此前这个灌顶我只传授过三次。第一次是札熙寺成立佛学院的时候。第二次是在阿木拉，因当地决定定期举办文殊法会，我给他们传授了这个灌顶。第三次是前几天在东台。

“灌顶的上师和其他上师不一样，对灌顶的上师要求很严。至少需要三个条件：一是证悟空性；二是现量见到本尊，亲近过本尊；三是圆满念诵一亿遍本尊心咒。这三个条件我都不具足，但是因为开文殊法会必须要有灌顶才可以，所以我曾经请示法王我是否可以传授这个灌顶，或者将来其他的一些简单的灌顶。法王他老人家不仅开许我可以传授这个灌顶，而且说，今后你可以传授我已经教给你的一切显密教法的灌顶。我虽然没有其他功德，却有法王的开许，这是我能够灌顶的把握。此后我也去过很多地方传授过灌顶。

“《寂静之道》里有比较详细的五条密乘根本戒的内容，大家尽快去了解并严格受持非常重要。如果密乘戒律清净，真正修持的话今生成佛，中等的话临终成佛，最差下辈子再遇到大圆满法，也一定能够成就佛果。

“我们这次灌顶的地点是真正的人间净土，不仅如此，这里是罗睺寺，上面就有罗睺罗尊者化身的真身像。罗睺寺也是因此像得名。史料记载很多高僧曾经在这里看到罗睺罗尊者的显现。大殿前面有一个灵塔，原来这里是一棵老松树，松树上经常可以看到文殊菩萨的显现，看到很多神灯和彩虹。所以在这里建塔。总之，这里确实是特别殊胜的地方。一般来讲，罗睺罗尊者和释迦牟尼佛只是在显现上不一样，罗睺罗显现上是罗汉，释迦牟尼佛出家苦行6年后成道，于成道之日，罗睺罗出生。显现上是这样。其实罗睺罗和释迦牟尼佛没有区别。

“以前不知道这里供奉了一尊罗睺罗尊者化身的真身像，历史上很多印度的高僧来此朝拜都和这尊真身像有关。由于我们这次朝圣的缘起，将来一定会有很多人知道这尊像，来这里朝拜，这样一定能够利益很多众生。这个大殿中有“开花现佛”的大莲花和佛像，我的第一本开示集是《次第花开》，没想到这本书利益了这么多的众生。次第花开，花开见佛，一定是有因缘才有这样的巧合。所以不仅灌顶地点非常殊胜，而且此地和我们有着特殊的因缘。

“今天是藏历十八号，时间殊胜，观音菩萨利益众生的日子。

“此外，大家的金刚兄弟中一定会有很多菩萨，在座有达瓦嘉措活佛和扎智活佛，他们两位都是不可思议的活佛，在藏地影响很大。因缘聚合，今天也有很多在五明佛学院学习很长时间的来自藏地汉地的出家人来到这里，非常殊胜。

“这次朝圣确实特别圆满，出现不可思议的瑞相，有的人在五台山住了很多年可能都没有见到过。有很多彩虹、圆光以及狮子祥云等都是文殊菩萨的化现。前几天的天气预报都说降水概率非常高，但后来却天气很好，使我们的朝圣很顺利，这一定是文殊菩萨的加持。这次随行的弟子很清净，所以才出现这些瑞相。这次是这样，今后大家也要朝着这个方向努力。

“这次我没有通知大家，你们却出现在这里，不知道你们有什么秘密渠道，但这一定是信心和因缘的结果。大家将来一定要好好修行。”

在上师灌顶的时候，一位居士用手机拍摄了照片，在照片上，上师和释迦牟尼佛像被完整地环绕在一个圆融无碍的紫色光环中。紫色光环的周围还依稀可见其他光环。

第二张照片是另外一位居士在灌顶过程中，用自己的照相机拍摄。照片中，有身披黄衣者，面对上师法座，排列成行，或站或坐，重重叠叠，充满整个大殿。透过他们半透明的身体，可以看见端坐于法座之上的上师，威仪庄严。上师身影略显模糊，但根据经架和

罗睺寺灌顶的过程中，一位居士用手机拍下的吉祥瞬间

法座后悬挂的黄布的位置，仍然能清晰地辨认出上师。佛陀转法轮时，声闻、菩萨、人与非人、天龙八部、阿修罗等都会来听佛讲法。今天在上师灌顶的现场，我等愚笨弟子虽然无法现量见到，但相信诸佛菩萨、十法界有情应是遍满虚空。

第三张照片为同一居士所拍，摄于第二张照片之后。照片上，上师的身影宛如金光幻影，已经很难辨认，但是法座却很清晰。熟悉上师的弟子皆知，上师所在之处经常出现彩虹，是为殊胜吉祥的缘起。

几张不可思议的照片，令座下所有弟子惊叹，大家争相传阅的同时，排队等待着上师的加持。新来的弟子到二楼礼拜了罗睺罗化身真身像，随后大家于殿前簇拥着上师留下了珍贵合影。

行程 21
Journey Twenty-one

观音洞——开示法王如意宝与观音洞的因缘

观音洞位于贡布山腰，栖贤谷口，右侧是悬崖峭壁，左侧为贡布山林海，中有小河流淌，清澈见底，环境清净幽雅。深山古刹，点缀其间。观音洞既是洞名，又是寺名，海拔 1700 米，寺分上下院。上院建在半山腰的陡壁悬崖，下院建于山脚河畔平地。相传此地是观音菩萨修炼之地，因以为名。自古以来，有很多观世音菩萨的化身来到这里朝圣。

藏历水龙年五月十八日，正值观音菩萨的节日，阳历 2012 年 7 月 6 日。上师一行来到这里，首先在下院的大殿里做空行会供。

此次朝圣中，上师带领僧众共做了三次会供：在那罗延窟的文殊会供、善财洞的莲师会供和在观音洞的益西措嘉空行会供，圆满了三根本会供。一般意义上讲，上师是加持的根本，本尊是悉地的根本，空行是事业的根本。而究竟上，上师就是三根本总集。

上师之身是上师，一切诸佛显现上师的形相度化众生。上师之语为本尊，因为上师所说金刚语，如果能依教奉行，必可获得成就。这如同修持文殊菩萨本尊而得成就一样。上师之意是空行，凡是证悟大悲、空性的圣者佛母，均称之为空行。上师始终安住于大悲、

观音洞大殿，恰逢观音菩萨的节日，希阿荣博上师带领弟子们做空行会供

空性的境界中，故上师之密意就是空行。所以上师是三宝总集，也是一切加持、悉地和事业的根本。

上师从殿堂出来，来到山脚，步步登高，左折右拐，迤逦而行。途经一座六角亭，名观音亭，建在一块外侧突出的巨大岩石上，显得玲珑可爱。上师和随行僧众于此稍作停留，亭中不时传出上师的笑声，回响在山石间。系在亭柱上的五色经幡在风中迎风而舞，山崖里绿树葱郁，远望如烟如云如海，宁静而美好。

398 级石阶尽处，一座精致小巧的观音殿坐落在山坳中。上师绕过观音殿，来到后面的观音洞口，于此献上哈达。

观音殿后有天然石洞两个，东洞既小又低，仅容一人跏趺而坐，现在洞内供奉佛像。西洞宽约 1.2 米，高 2.1 米，深约 3 米，壁塑观音像。洞顶潮湿，细密滴漏，洞底积水为池，名观音泉，池水甘甜澄澈，终年不溢不涸。上师至此饮下甘泉，并以清冽的泉水洗脸浇头。

随后上师在观音洞口坐下，随行僧众围绕着他。他们一起在这里长时间地念诵经文，包括《普贤行愿品》《愿海精髓》等。弟子们则排着队，一一过来畅饮甘泉并在观音洞前礼拜。后来得知，就在上师坐的地方，法王上师也曾在那里给僧众传法。

由于和观音洞殊胜的因缘，法王如意宝很重视这个地方，1987年曾两次到观音洞朝拜，在这里带领僧众一起塑了莲师像。其中一次法王于洞中打坐，并在洞中留下一张珍贵法照。关于法王如意宝和观音洞的因缘，上师开示说：

1907 年十三世达赖喇嘛从塔尔寺起程，来到五台山观音洞朝圣，就在这个小小的佛殿中静坐。十三世达赖喇嘛曾经迎请法王如意宝的前世——伏藏大师列绕朗巴去布达拉宫给他传授灌顶和窍诀。传授圆满后，列绕朗巴大师即将返回康区。十三世达赖喇嘛给他供养曼扎时说，您可以在布达拉宫的众多经堂中选一个，把这个经堂里的佛像迎请回康区。于是，列绕朗巴大师仅仅根据经堂的命名就挑选了一个，由于殊胜缘起，所选经堂中供奉的正好是格日钦沃伏藏大师掘取的 25 尊“如我一般”的莲师像。十三世达赖喇嘛说：“为了佛法和众生，这 25 尊伏藏的莲师像不能全部都迎请到康区，您可以迎请其中的一尊，请另外再选一个经堂吧。”就这样，有一尊“如我一般”的莲师像和布达拉宫一个经堂里的所有佛像和法宝就随列绕朗巴大师回到了康区。在列绕朗巴大师自己掘取的伏藏品中，也有一尊“如我一般”的莲师像，1987 年法王上师把这尊伏藏佛像安放在菩萨顶真容院祖师殿中的大莲师像的胸前，并亲自开光。小佛像和大佛像融合在一起，就是这尊为大家所熟悉的，极其殊胜、真正具有“见解脱”加持力的佛像。

观音洞和我们的因缘殊胜，大家在这里好好祈祷。

待所有的弟子都走过泉水和洞口后，上师才离开观音洞，绕到前面的观音殿。殿建三间，檐出翘扬，殿内供观音菩萨，八臂十一面，通身鎏金，面部着白、红、绿、蓝等色，姿态优美庄严；观音像东侧供奉着长寿佛、普贤菩萨、地藏菩萨；西边供奉着弥勒佛、文殊菩萨、宗喀巴大师和六世达赖喇嘛。相传六世达赖喇嘛曾经在这里修行。

上师礼敬诸佛菩萨后来到观音殿前。面对贡布山茂密的林海，向下俯视，高崖绝壁，苍岩深涧。上师于此向大家挥手致意，弟子们心里都知道朝圣就此圆满，上师即将离开。在这一刻不少弟子忍不住哭了。大家唱起上师住世祈祷文，目送上师走下石阶。

仿佛知道很多弟子还在山上没有下来，上师在下院稍作停留。站在下院仰望观音洞，则如一副山水长轴，画面以崖壁为背景，古松、亭殿点缀其间，石阶盘旋，红墙弯绕，白云飘忽，绿树摇曳。观音大殿之飞檐远望如羽翼，似从天外飞来的彩凤落于岩间。

弟子们陆续到齐之后，上师上了车，坐在车里和弟子们挥手告别。很多弟子哭得很伤心。也有几位弟子很坚强，他们说，相信很快就会再见到上师。

诚然，这并不是结束，而是新的开始。我们永远都不会和上师说再见。我们发愿要不断地和上师相见，在他的加持和教导下，圆满如海一般的菩萨行愿。诚如我们每天的课诵，“总之从今乃至世世中，与您依怙圣者不分离，既获菩提又成种姓主，祈愿灭尽六道轮回城。”祈愿我们时时刻刻能够知道，其实一切都是上师的化现，上师从未远离。

观音殿前，希阿荣博上师向大家挥手致意，此次五台山朝圣就此圆满

结语 Conclusion

五种殊胜圆满

2012年7月1~6日，大恩上师希阿荣博堪布朝礼五台山。此次朝圣极其殊胜，具足五种圆满，即导师圆满、地点圆满、时间圆满、眷属圆满和法圆满。

导师圆满

希阿荣博堪布，1963年生于四川德格，是当今藏传佛教宁玛派最伟大的上师法王如意宝晋美彭措仁波切的不共心子，也是法王最具影响力的弟子之一。

希阿荣博尊者自幼便具足真正的出离心和对三宝无伪的信心。当他听到法王如意宝晋美彭措的尊名时，生生世世的信心和殊胜深厚的师徒之情在年轻的尊者心中觉醒。贝玛才旺仁波切授记道："你依止堪布晋美彭措仁波切的缘分最为殊胜，非一般人所及。若能前往依止，必定产生极大功德，利益无穷。"

1984年，尊者21岁，在贝玛才旺堪布的推荐下，他来到色达喇荣五明佛学院依止法王如意宝。年轻的希阿荣博尊者在上师法王如意宝座前听受了各种显密经续论典，尤其是前译自宗的外、内、密、极密等无上法部。印藏诸大智者与成就者为诠释佛经密意而著述的五部大论，在藏地是系统全面学习佛法的必修论典。尊者对五部大论的颂词、注释、总义、辨析等都进行了认真闻思。在密法方面，主要是《大幻化网密藏续》等前译根本续及其注疏、总义，荣素班智达著《入大乘论》《证成现象即佛论》及其他广大开显三部九界密意的论著，龙钦巴尊者著《大幻化网三除暗》《大圆满三休息》《四心滴》《龙钦七宝藏》等，麦彭仁波切所著具足上述续部、注疏、论部所有密意和关要的《光明藏论》以及大圆满总集法部，荟萃窍诀修持精要的法王如意宝大圆满法部等等。这些都是极密意传窍诀之珍宝教言，皆为能即身成佛的极密法要，由圆满受持三种传承的大恩根本上师法王如意宝嫡传给希阿荣博尊者。

在实修方面，对法王如意宝亲传的《上师心滴》《杰珍大圆满》《大圆胜慧》《深法密意自解脱——六中阴广修引导法》以及深道大圆满即身成佛窍诀《文殊静修大圆满——手中赐佛》等窍诀心滴，特别是法王如意宝通彻密意毫无保留的独传——由托噶如意宝处一脉相承的极密瑰宝《空行心滴开显深道》等，希阿荣博尊者都以恭敬、精进之心，按照法本如量进行了实修。法王传法与实修交替进行。每讲完一段大圆满引导文，弟子们都会按所授之法做 3~7 天的实修，尔后法王再讲下一引导。

就这样，上师相续密意中所有加持融入希阿荣博尊者的相续中。他现量见到器情世界诸法空相，以此观照智慧断除了对三有轮回的执着。以大悲心摄受引导有缘众生心向解脱。一切显现无有破立取舍，他直断二取分别所生的轮涅诸分别识聚，现前证得宛若虚空般的法性密意，并圆满证得托噶四相境界。修行之险隘解脱，一切妙力圆满，于法身佛地获大自在，现前所有二利功德，随意显现慧眼与神通等道相功德。

希阿荣博尊者的内证功德得到晋美彭措法王的认可，在法王如意宝所造的《大幻化网灌顶仪轨——近传加持》一文的后记中，曾如是说道："于如海般的教证、理证及窍诀法具有广博智慧者——希阿荣博堪布……"法王如意宝在传讲《法界宝藏论引导》时，堪布同时为五明佛学院所有僧众进行辅导，法王当时对堪布辅教的功德甚为欣赏。堪布已证悟光明大圆满，能安住在甚深法性觉性境界中。

此外，法王还将诸多新旧派密续，以及《杰珍大圆满七引导》等全知荣龙二尊经、幻、心三部等窍诀法要的灌顶、传承与讲解，对希阿荣博尊者如甘露注入宝瓶般倾囊相授。希阿荣博尊者以四种智慧了知所有深广教理，依靠四依法不相违，将论中所述的所有道相圆满的甚深密意全部如量证悟。

除在法王如意宝座前听闻佛法外，希阿荣博尊者还在大成就者多杰奇雄上师处获得了此生第一个灌顶；在才旺晋美堪布处领受了包括《法界宝藏论》在内的诸多大圆满法；在哥宁活佛处获得了《六中阴》的灌顶和引导；在根容堪布处听闻了《普贤上师言教》《入行论》等；在特诺堪布处学习了《如意宝藏论》、因明；在贝玛才旺仁波切处学习了《现观庄严论》等；在门措上师前听授了《阿底深法》的窍诀与引导所诠释的如海深广教理，使自相续获得清净；在帝查活佛与德巴堪布前领受了《总经集密意续》的灌顶与传承；在德钦活佛与阿江喇嘛前领受了《列绕朗巴大师伏藏全集》的灌顶与传承；在阿曲喇嘛嘎曲处领受了《大圆满普贤密意通彻》的灌顶与传承以及《大圆满十七大续部》的传承；在努瑟堪布晋旺前听闻了《华智仁波切全集》的传承；在喇嘛沃洛前领受了三大护法灌顶与传承；在喇嘛阿秋仁波切、牟桑白玛根卓活佛、才让尼玛堪布、然噶仁波切、索曲堪布、慈诚加参堪布、旺迪堪布、华觉江措活佛、格巴堪布、格多堪布、曲贝堪布及其他至今仍常住五明佛学院的诸多智者与成就者前闻受了大小乘浩瀚经典以及新旧派教藏续部的传承，所有句义密意均无余证悟，获得生圆二次第瑜伽究竟，内在密意百结解脱。此外，他修诵浩瀚殊胜本尊广、中、略仪轨，圆满获取四大事业之悉地，现前内外密的种种成就瑞相。

法王如意宝与妹妹阿里美珠空行母、外甥女门措空行母曾在转绕学院时，顺路来到希阿荣博尊者简陋的小屋。看见他正在刻苦研读经书，法王如意宝非常欢喜。他随手拿起希阿荣博尊者桌上一页写满字的纸，说道："今天好好观察一下缘起。"那恰好是一篇大圆满续部的注疏。法王观看少许，授记道："缘起非常殊胜！这预示着你将在各地广弘极密大圆满教法，弘法利生事业广大如虚空。佛法上难行能行，终将证果，获得解脱自在。"相应这一缘起，法王后来特地将分别代表大圆满一代教主龙钦巴尊者身、语所依的金像与《四心滴》经函等物赐给了希阿荣博尊者。

1987年夏末，法王如意宝在多康众多智者、成就者之源——色达喇荣五明佛学院，当着数千僧众，高度赞叹"智慧广博，精通如海教理和窍诀法的希阿荣博"世出世间的二规功德，并授予其堪布学位。对于这个学位，希阿荣博尊者极其珍惜。他觉得"堪布"这个称谓朴素而充实，代表了法王如意宝对自己闻思修成绩的肯定，因此，他喜欢别人称自己为堪布。

从此喇荣五明佛学院多了一位博学的年轻堪布。他在为僧众授课的同时，从未放松自己的闻思与修持。多年来，他一直有个心愿，就是到远离家乡、远离喧嚣，专心修行。现在他已经充分闻思了佛法，完成了佛学院的学业，终于可以请求法王如意宝开许他去往青朴神山等莲师圣地终生闭关了，但是法王没有同意他的请求。他的心爱的法子应当吹响弘扬佛法的螺号，因为末法时期的众生比任何时候都更需要听到佛法的声音。于是堪布再未提过隐修之事，他遵循上师的教言，开始了此生广大而甚深的事业行持。

他为喇荣五明佛学院僧众传讲五部大论，并在以内外密续之讲、修、窍诀三部及外明等九大法部划分的九大班级中，轮流担任各班的主要授课堪布。脉络清晰地传授龙钦父子等前译自宗为主的教规及印藏诸大智者、成就者造的颂词、注疏、辨析及难释，尤其在传授《全知沃巴活佛全集》等宁玛自宗诸论上开创了佛学院讲闻教规之先河。

希阿荣博堪布对法义中高深推理的领悟程度堪与古印度的班智达相媲美。在教学中，他以不同方式开示显宗大小乘与密宗新旧续部论典的密意，教理成立，再以智慧辨析通达法义。在他的悉心教导下，学生通过次第学习，闻思修证皆突飞猛进。

希阿荣博堪布还遵从法王如意宝的教诲，从初到学院起便一直作出家传戒阿阇黎，为无数弟子传授了沙弥戒与比丘戒，使佛陀制定的戒律代代相传。

1990 年一个殊胜吉祥的日子，法王如意宝撑开华盖，登临法座，在佛学院广大师生面前，郑重为已经获得堪布学位的 60 余名弟子颁发证书。这是喇荣五明佛学院自成立以来第一次正式颁发学位证书，每位获得证书的弟子都得到法王如意宝亲自撰写的一篇赞词。在希阿荣博堪布仁波切的证书上，法王如意宝写道：

“诸佛唯一慈父童子相，仅念亦遣三有诸迷暗。持执宝剑红黄之身相，花语飞洒愿赐汝吉祥。如是以赞词为先导，于色达喇荣五明佛学院大密虹光解脱静处，举行分班仪式时，为具戒持藏者希阿荣博授予堪布学位，颁发堪布证书，具有五种圆满的标志。藏历铁马年（1990 年）十一月初一，愿增善妙！”

从 1991 年开始，希阿荣博堪布在讲法的同时，还负责起佛学院的财务管理。大至修建经堂、举办法会等各项资金的调配，小至收缴水电费、常住日常用度等琐碎的杂务，堪布都须操心。

1992 年（藏历水猴年），希阿荣博堪布与其他几位堪布、活佛一起，开始全面协助法王如意宝管理五明佛学院。他们事无巨细，尽心竭力地操持着学院内外各项事务，为法王及僧众排忧解难，对佛学院的发展做了不可思议的护持。2002 年（藏历水马年）尊胜诸方喜筵日，万余僧众的集会上，法王如意宝为包括希阿荣博堪布在内的七位上首心子撑起如意宝伞盖，并赐予他们长寿佛金像。这是法王如意宝对七位心子协助管理学院所取得成绩的肯定，也预示他们日后将为宁玛巴教法的弘扬做出不可思议的贡献。

由于末法时期众生分别念、烦恼心炽盛，法王如意宝一般情况下不认定活佛，也不当众特别褒贬某位弟子。然而他指定四位绍圣者（1986 年）和授记七位心子弘法事业（2002 年）的举动却一反他的做事风格，密意深广。我们如今现量所见几位心子功德不可思议，佛行事业广大，正是印证了法王当年的密意。

此后的 20 余年间，希阿荣博堪布不辞辛劳地奔赴海内外各地弘扬佛法，发起、组织规模宏大的放生和其他各类共修活动，以正式授课、现场开示、著书立说等多种形式接引、指导弟子们闻思修持佛法，深受海内外佛子的尊敬与喜爱。

1995 年，希阿荣博堪布在德格玉隆阔建立扎西持林闭关中心，为藏族僧侣开设系统完整的佛教课程，并为在家众提供各种修行的便利条件。后又在该地修建起养老院、医院等设施，并抚养为数众多的贫困孩子，资助无力看病者治疗疾病、经济困难者改善生活。

如今这位具德金刚上师早已成为世间希求解脱者之珍宝，其事业无勤广大，弟子遍布世界各地。萨迦、噶举、宁玛、格鲁等各派的大成就者都曾以谛实语盛赞希阿荣博堪布是诸多大德的总集化身。

在《天王尊胜——希阿荣博堪布住世祈祷文》中，萨迦法王赞曰：

佛法教主本师释迦王，八大近侍智成王臣友。

诸多印藏大德游舞身，普现希阿荣博诚祈祷。

雪域弘法利生胜怙主，乘愿如是应化有界中。

三宝三根具誓海会众，谛力百劫住世愿吉祥。

此祈祷文为萨迦法王所作，具有甚深密意。大意是：希阿荣博上师乃是本师释迦牟尼佛、八大菩萨、莲师的主要弟子赤松德赞（王）、贝诺扎纳（臣）、益西措嘉（友），以及印藏两地众多大成就者弘法利生游舞世间之显现。

怀着这样的了解与信心，我们虔诚地向上师祈祷。上师是十方三世诸佛智悲之本体；上师之身为僧之本体、语为妙法本性、意即佛之本体，上师乃是三宝总集；也可以说，上师之身为上师、语为本尊、意为空行，上师乃是三根本总集；上师之身为化身、语为报身、意为法身，上师乃三身总集；上师亦是与一切智智普贤王如来无二无别的大成就者。且于我们这些可怜的浊世众生，上师之恩德超胜诸佛。是为导师殊胜圆满。

地点圆满

五台山是文殊师利菩萨应化的道场，是真正的人间净土；也是诸多大圆满传承祖师居住、修行并获得成就的地方。

法王如意宝 1987 年五台山朝圣是他度化汉地众生的重要缘起。上师乃是法王心子，一代重要的大圆满传承上师。此次朝圣路线亦是依照法王 1987 年五台山的行迹来确立。因此，上师每一次灌顶，传法和会供之地都极为殊胜。

时间圆满

正值末劫时代，也是佛法的甘露最能滋润众生干涸的心灵的年代。正值上师秉承法王如意宝的教导，摄受有缘众生，开始阐扬净土法门和大圆满法门之时，此次五台山的朝圣非同一般，其间种种善妙和瑞相成为上师日后广大的弘法利生事业的吉祥缘起，因而此次朝圣时间殊胜圆满。

眷属圆满

此次朝圣，上师的随行僧众中，有在藏地极具影响力的达瓦嘉措活佛、扎智活佛、亚玛泽仁活佛、刀登活佛和扎西旺修堪布；有戒律清净，闻思修行均有造诣的慈诚晋美法师、希阿慈诚法师、慈诚成利法师、聪达喇嘛和土登喇嘛。此次朝圣瑞相频现，上师多次说，随行四众弟子一定都很清净，他们当中，一定会有菩萨的化身。

再者，此次随行四众弟子都具佛性，我们获得了珍宝人身，又幸运地遇到了具德金刚上师，且承蒙上师以方便教言摄受，可以说作为眷属的我们都是未来佛，是为眷属圆满。

法圆满

此次朝圣中，上师为随行弟子们传授了殊胜灌顶，《显密念诵集》中所有文殊菩萨的修法仪轨的传承，以及很多窍诀与开示。

灌顶

那罗延窟：法王如意宝意伏藏——文殊身语意灌顶

西台：莲师身语意灌顶

罗睺寺：法王如意宝意伏藏——文殊身语意灌顶

传承

北台灵应寺：《文殊语狮子》

金刚窟：《文殊大圆满基道果无别发愿文》

南台普济寺：麦彭仁波切所造之《阿字修法仪轨》

中台演教寺：《红黄文殊成就诸事业——平日智慧修法精要仪轨四臂文殊修法仪轨》

不二对谈石：《心经》

西台法雷寺：《文殊智慧勇士修法》《释迦牟尼佛修法仪轨》

菩萨顶：《佛子行三十七颂》

罗睺寺：《随念三宝经》

上善财洞：《上师供修法仪轨》《上师瑜伽速赐加持》

清凉尸林：念诵破瓦法和古萨里法

清凉寺：传授菩萨戒和《普贤行愿品》传承

黛螺顶：《文殊礼赞》《二十一度母赞颂文》

显通寺：《金刚乘十四根本堕罪忏悔文》《三十五佛忏悔文》

文殊发塔：百字明

会供

那罗延窟：文殊会供（本尊会供）

上善财洞：莲师会供（上师会供）

观音洞：益西措嘉会供（空行会供）含修法仪轨

此外，每一位随行弟子圆满念诵 10 万遍文殊心咒，是为法圆满。

法王如意宝 1987 年的朝圣非常圆满，在他准备返回藏地时，汉地成千上万的信众情真意切地祈请法王不要离开。法王说："希望诸位行善断恶，一心修持正法，若今生再没见面的机会，不久的将来我们也必定会在极乐世界相逢。"正如菩提金刚所授记"清净所化眷属遍十方，凡结缘者皆生极乐刹"。

法王如意宝后半生弘法利生的事业如此广大，与他 1987 年莅临五台山朝圣的殊胜缘起有很大关系，可以说那次朝圣对佛法的再次兴盛起到了不可思议的作用。

25 年以后的今天，法王如意宝的心子希阿荣博堪布再次莅临圣地，沿着法王的足迹，带着弟子们发愿、供灯、念诵经文，为弟子们传讲甚深法要。这次朝圣十分殊胜圆满。上师如海一般的功德与愿力融入了法王如意宝、诸大圆满传承祖师和文殊菩萨的功德与愿力的大海中，永远不会灭失，必然将利益无量的众生，对佛法的兴盛产生不可思议的影响。是为日后上师引导有缘弟子往生净土以及大圆满法广弘于世之殊胜缘起。

祈祷上师身寿恒稳固，祈祷佛法兴盛长久住！

后记 Postscript

五台朝礼归来后

朝圣归来不久，上师在安住的境界中写出《同生极乐国》的文章。文章撰著期间，上师有很多和法王如意宝在一起或者接受法王灌顶的吉祥光明的梦境。在《同生极乐国》这篇文章里，上师把经论中散记的净土法门的相关法要聚集在一起，并结合密宗的方便法门给予弟子们进一步的实修引导。其中包含细微专注的观想、生起次第的窍诀、临终中阴窍诀等，可谓一部简单易懂、实用的往生指南手册，引导四众弟子归入实修。可以说，如果有弟子得到上师的灌顶和传承，按照上师在此文中宣讲的教言进行实修，往生西方极乐世界的机会就很大。

上师秉承法王上师的教导，接引众生往生极乐世界的缘起在五台山朝圣时已经有显现。

在那罗延窟前，上师用供养法王如意宝的金刚心的盒子给弟子们加持。盒子四面分别是藏文的法王如意宝祈祷文、法王如意宝心咒、代表法王的大鹏金翅鸟以及代表极乐世界的莲花。上师开示说："法王如意宝一生弘法利生功德无量，最后融入到阿弥陀佛的心间。而我们通过祈祷法王和念诵法王如意宝的心咒，自己融入法王心间，将来往生西方极乐世界。"

朝圣第三天是阿弥陀佛的节日，上师慈悲开示，鼓励我们对西方极乐世界生起渴求心和信心。上师讲解了麦彭仁波切在《净土教言》

中阐释的往生四因，并说：“西方极乐世界和其他净土不一样，有的净土需要一地菩萨才可以去，真正带业可以往生的是西方极乐世界。在菩提心的摄持下，凡夫不造谤法罪和五无间罪，按照往生四因进行修持的话，一定可以往生。到了极乐世界以后就成为登地菩萨。那时候再继续修行就很容易。”

《同生极乐国》这篇文章写完的那天是藏历水龙年十一月十五日，正值法王如意宝示现圆寂九周年的纪念日，也是阿弥陀佛节日。上师梦见法王如意宝为弟子们灌顶，梦境清晰稳定，非常吉祥。

五台山朝圣之后约一年的时间，2013 年 7 月 16 日，藏历水蛇年六月初八，药师佛的节日，上师决定在扎西持林寂静地举行莲师法会。这一天，在莲师坛城一层的大经堂内，上师为前来参加法会的汉藏四众弟子灌顶。上师所赐乃是莲师的四级灌顶，列绕朗巴大师的伏藏，非常殊胜。7 月 18 日，即藏历水蛇年六月初十，莲师圣诞日，上师主持莲师会供。会供前，将一尊 2 米多高的莲师圣像迎请到法会现场。随着会供开始，一片酷似莲师的白云豁然出现在莲师坛城上空，与此同时，围绕着太阳出现了吉祥的彩色光环。在坛城上方出现横条型的彩虹，色彩艳丽非常。伴着种种瑞相，扎西持林的僧众跳起了象征教法兴盛的金刚舞。

当天晚上，上师收到一篇嘎旺图曲朗巴伏藏大师掘取的莲师《未来授记文》，译成中文内容如下：“于下多康王隆地区中，弘法利生怙主名湛嘉（梵文，藏诣为“希阿”，意为“智慧”），浊世大悲摄受所化众，宣演解脱道引极乐刹。”文中对上师仁波切之驻锡地、名号以及所化事业已经明显宣说。

伏藏大师嘎旺图曲朗巴，也叫土登俄塞。是 140 多年前生活在德格地区的一位大成就者，他取出的莲师伏藏，如今保存在距离扎西持林不远的一座寺庙当中，而发现这篇授记文的正是这座寺庙的堪布才让旺嘉。

从《生命这出戏》一书（《同生极乐国》一文是其中重要的内容）出版至今日，短短几个月的时间，四众弟子发愿念诵阿弥陀佛心咒超过千亿遍。

作者感言

《清凉山上》在上师的开许和加持下，在师兄们的帮助下，清央措不揣浅陋，非常荣幸并感恩有此执笔之机会。

然而我毫无闻思修行的基础，又从未写过佛法相关的文章，此项工作之挑战可想而知。只能时常在晚上下班以后，静下心来，认真地整理与写作。有时晚上就睡在办公室，只休息较短时间，第二天却也能保持充沛精力。回想起来，无不是上师慈悲加持的结果。

写作于是成了我的修行，在上师无处不在的加持下，愚笨的我终于有所进步和提高。

但是与文殊菩萨无二无别的上师行愿广大、密意难测，弟子水平所限，谬误难免，谨在此向文殊师利菩萨、诸大圆满祖师，特别是我的师父至诚忏悔，并恳请诸位读者宽宥。

祈愿与此文结缘的所有众生早日成就菩提果位。

ཡི་གེ་ཉི་ཤུ་རྩ་དྲུག་པ་འདི་དཔེ་ཆའི་ནང་དུ་བཞག་ན་དཔེ་ཆ་དེ་ཅི་འདྲར་
བགོམས་ཀྱང་ཉེས་པ་མི་འབྱུང་བར་འཇམ་དཔལ་རྩ་རྒྱུད་ལས་གསུངས་སོ།།

此咒置经书中　可灭误跨之罪

此咒轮可消除一切众生无意中踩、迈、摔、打佛像、经咒、唐卡等罪业

图书在版编目（CIP）数据

清凉山上 / 菩提洲著 . -- 海口：海南出版社，2016. 6 (2025. 4 重印).

ISBN 978-7-5443-6490-4

Ⅰ . ①清… Ⅱ . ①菩… Ⅲ . ①随笔 – 作品集 – 中国 – 当代 Ⅳ . ① I267.1

中国版本图书馆 CIP 数据核字 (2016) 第 109283 号

清凉山上

QINGLIANGSHAN SHANG

作　　者：菩提洲
责任编辑：张　雪
执行编辑：张宏伟
装帧设计：刘晓翔工作室
责任印制：郄亚喃
印刷装订：河北盛世彩捷印刷有限公司
读者服务：张西贝佳
出版发行：海南出版社
总社地址：海口市金盘开发区建设三横路 2 号 邮编：570216
北京地址：北京市朝阳区黄厂路 3 号院 7 号楼 101 室
电　　话：0898-66812392　010-87336670
电子邮箱：hnbook@263.net
经　　销：全国新华书店
出版日期：2016 年 6 月第 1 版　2025 年 4 月第 9 次印刷
开　　本：787mm × 1 092 mm　1/16
印　　张：16
字　　数：180 千
书　　号：ISBN 978-7-5443-6490-4
定　　价：58.00 元